JN068589

社長彼氏と狼の恋

西門

幻冬舎ルチル文庫

CONTENTS ✦目次✦

社長彼氏と狼の恋

✦イラスト・金ひかる

✦カバーデザイン＝吉野知栄（CoCo.Design）
✦ブックデザイン＝まるか工房

社長彼氏と狼の恋

【×がつ×にち
ぼくもじいちゃんみたいな、りっぱなくつしょくにんになりたいです】
それがエミル・ウルヴェーウスの、子供の頃からの夢だ。初めての日記に、そう書かれている。自分の拙《つたな》い文字に、懐かしさとともに笑みが零《こぼ》れる。ぱらぱらと古い日記帳を捲《めく》りながら、今年起きた自分の人生をも変えてしまった出来事を思い出していた。

★　★　★

【〇〇月〇日
今日もじいちゃんは、う～ん、の一言だった。まだまだ下手くそなのは分かってるけど、やっぱり悔しい。もっと頑張らなきゃ】
寝る前に一言書いている日記には、今日も養父で靴職人の師匠でもあるオーレの言葉が書き込まれた。幼い頃からずっとオーレと二人で暮らしているエミルが、同じ道を選ぶことは当たり前のことだった。オーレはそれを押しつけたりせず、むしろ「自分のやりたいことをやればいい」と言ってくれた。そのやりたいことが靴職人だったのだから仕方がない。まだ工房で革を叩いている音が聞こえている養父に、「俺が跡を継げるような職人になるからね」と心の中でそう呟《つぶや》いた。

エミルとオーレは血が繋《つな》がっていない。どういういきさつかは知らないが、小さな頃にオーレに引き取られて以来、ずっと二人暮らしだ。オーレがエミルを養子にしたのはおそらく、自分たちの体質が関わっていたのだろうと思っている。それは「誰にも知られてはいけないよ」と、小さな頃から言い含められてきた。だからこそ、血だけではない強い繋がりを感じられているのだと思う。

オーレとエミルには狼《おおかみ》の血が流れているのだ。

伝説などに出てくる人狼は実在している、ということだ。エミルは小さな頃、外に出ることができなかった。いつ狼の姿になってしまうか分からなかったからだ。特に満月が近づいてくると、子供にはコントロールが難しく、むずむずしてすぐに狼になってしまっていた。エミルは変化していたけれどオーレの狼の姿は見たことがなく不思議だった。

『じいちゃんは、まんげつでもムズムズしないの？』

オーレはコントロールして変化していないのだと思っていた。だからうまくできない自分のだ。そう聞いたことがあった。そのときオーレが言ったのだ。

『私は変化はできないんだよ。できていたら、なにか変わっていたかもしれないけれど』

悲しそうな顔で言ったのを覚えている。オーレには親族と呼べるような人たちがいなかった。だからエミルと二人きりだ。彼の口から家族の話を聞いたことがなかったのは、変化できないことが関係していたのかもしれないと、今なら思う。けれど靴職人として成功していたオーレは、お店で働いている職人たちがいてくれたから、孤独ではなかったはずだ。

そんな信頼できる人たちにも言えない秘密。

――決して知られてはいけない自分が受け継いだ血の能力。

自分の力をコントロールできるようになったのは中学校に上がる前で、それまでは休みがちだった学校もほとんど休まなくなっていた。友達はたくさんできたし、仲がいい友人は今も連絡を取っている。けれど、エミルが心を開ける相手は未《いま》だにいない。それは自分の秘密を知られてはいけないと、心にブレーキがかかってしまいどうしても見えない距離を作ってしまうのだ。

寂しくはない、といえば嘘になる。けれど今はその寂しさを感じる暇もないくらい、仕事に没頭できているのはありがたかった。それもオーレという目標がすぐそばにいてくれたおかげだろう。

今はオーレに身長も追いついて、一緒にいると父と子、というよりは祖父と孫に見られるようになった。エミルの通った鼻筋に深いグレーの目は、昔のオーレを知っている人からは似ていると言われることがある。そのたびに血は繋がっていないけれど、一緒に暮らしていれば似てくるもんなんだと嬉《うれ》しくなった。栗色《くりいろ》で癖のある髪は、そのままにしても綺麗《きれい》なウエーブがかかるので美容院代が節約できてありがたかった。今年二十二歳になり今はオーレの元で靴職人になるべく修業中だ。オーレはエミルを引き取ったときすでに五十代だったから、育てるのはとても苦労したと思う。それでも、何一つ不自由なく育ててくれた優しい養父だ。だからだろう。オーレのような立派な靴職人になりたいという夢を持ったのは。

子供の頃からずっと革と木材に囲まれて育ったエミルは、工房で靴が形になっていくのを見るのが大好きだった。なにより出来上がった靴を嬉しそうに履くお客さんの顔は輝いていて、自分もあんなふうに人を喜ばせたい、そんな靴を作りたいと思ったのだ。

革を叩く音が止まった。

「また、この季節か～……」

毎年秋になると、普段は「体が資本」と言って無理をしない養父が、こうして夜遅くまで作業をする。誰のためなのかは、知らない。けれど毎年必ず一足ずつ注文が入っている、オーレだけの客。

「そろそろ、止《や》めさせないと明日に響くな」

時計は深夜一時を過ぎていた。北欧のこの季節は秋といえども冷え込みが厳しい。体を壊しては元も子もない、とエミルは二階の住居から、工房のある一階へと階段を降りた。

廊下から冷気が上がってきて、小さく身震いする。工房のドアから明かりが漏れていて、そっと開けると黙々と作業しているオーレの背中が見えた。

ずっと見てきた背中は、少し小さくなった。高齢になってきたオーレはエミルにとって、たった一人の大切な家族だから心配なのだ。

「じいちゃん、もう遅いよ。冷えてきたし、明日にしたら？」

エミルの声に気づいてやっと手を止める。顔を上げ肩や首を動かしながら、ふう、と力を抜いた。

「今、何時だ？」

「夜中の一時」

「そんな時間だったか。お前こそ、早く寝ないのか？」

明日も仕事だぞ、と言うオーレにエミルは大きく溜息《ためいき》を吐《つ》いた。

「いくら夜行性だからって、じいちゃんが寝てくれないとうるさくて眠れないんだよ」

なんていうのは嘘だ。けれどそうでも言わないと、作業をやめてくれないのも分かっている。

「はは、そいつは悪かった。じゃあ今日はこのくらいにしておくかな」

作りかけの靴をそっと撫《な》でるオーレの表情は、どこか愛《いと》おしげだった。

毎年新調されるその靴の持ち主は、一体誰なのか。気になって聞いてみたことがあったけれど、「誰だろうね」と笑っただけで教えてもらえなかった。それはオーレが言いたくないときにする笑みだったので、それ以降、聞かないようにしている。

「エミル」

「なに？　じいちゃん」

皺《しわ》が多く節くれだった指がエミルの柔らかい栗色の髪を撫でる。

「遅くまで悪かったね」

あんな言い方をしたから、気にしたのだろう。エミルは首を横に振って「あれは嘘」と苦笑いした。

「じいちゃん、この季節になるといつも無理して冬場に体壊すこと多いから、心配しただけ」

年《とし》考えなよ、と付け加えると、少し悲しそうな顔で「そうだな」と笑う。

工房の明かりを落とし、二人で二階の住居に戻ると、オーレが話しかけてきた。

「そうだ。来週、ある方の足型を取りにいく。エミルも一緒に来なさい」

その言葉に思わず深夜なのに「ほんと？」と大きな声を上げてしまった。

（じいちゃんの仕事を手伝わせてもらえる……！）

まだ半人前だと言われているエミルが、同行させてもらえることは少ない。オーレの店には職人が二人いて、いつもはそのどちらかの職人が同行することが多いのだ。

「そろそろお前の顔も覚えてもらわないとね」

オーレの言葉に、その客がかなりの上客だというのだけは分かった。そんなところに連れて行ってもらえるのだ。少しでもオーレの期待に応えられるようにしなければ、と気合いを入れているとポンと肩を叩かれた。

「今回は、お前はただの荷物持ちだから、そんなに気負いなさんな」

と笑われてしまった。

それでもこの国屈指の靴職人と言われている養父の、外での仕事ぶりを間近で見られる数少ない機会だ。気合いが入ってしまうのは仕方がない。

「荷物持ちでもなんでもいいから頑張る」

拳《こぶし》を握ってガッツポーズを取る。するとオーレが口元を緩ませた。

「まあ、頑張りなさい。お前がいい子に育ってくれて嬉しいよ。じいちゃんの心配してこんな時間まで起きててくれる」

「そうだよ、じいちゃん！　ちゃんと温まってから寝るんだぞ？」

エミルの言葉に「わかってるよ」と両手を挙げる。オーレがもしいなくなってしまったら、エミルに家族はいなくなってしまう。なくしたくない大切な人だからこそ、心配して口うるさくなってしまうのだ。

「お前も早く休みなさい」

「は～い。じゃあね、おやすみ」

昔より少し小さくなってしまったオーレにハグをして、エミルは自室へと戻ったのだった。

【○○月×日
今日はじいちゃんに同行してお得意様の足型を取った。初めての城で興奮したけど、なにより自分の師匠、オーレは改めてすごい人なんだと痛感した。まさかあの人があんなことを言ってくれるとは思わなかった。けどチャンスに恵まれた。修業中の身だけど、俺もいいものを作り上げられるように頑張らないと】

今日は先週から楽しみにしていた、オーレの仕事の付き添いだ。

「ほら、バカみたいに口開けっ放しにするな、エミル」

驚きながら飾られている高級そうな絵画や置物を見ているエミルに、オーレが声をかけてくる。

「え、だって、城に行くとか聞いてないし……」

市内から北にある森へ向かって一時間。木々が紅葉している道を走り辿《たど》り着いた場所は、昔からこの辺り一帯を統治している公爵貴族の城だった。しかもエミルたちの国では知らない人はいないであろう、有名家具メーカー、モーアンを営んでもいる伝統ある一族だ。

エミルが知っている限りでは毎年リムジンが迎えにやってきていたので、ずいぶん金持ちなんだな、と思っていたが合点《がてん》がいった。

「オーレ……どうしよう……俺、めっちゃ緊張してる」

「はは、いい経験だ。緊張しとけ」

オーレは普段と変わらない。それはそうだ。毎年呼ばれて来ていたのだから慣れもする。

城のエントランスホールで目を丸くしていると、声をかけられた。

「オーレ様。よくおいでくださいました。ルーカス様がお待ちでございます」

体に合ったスーツを着こなした年配の紳士が立っていた。

（執事さんだ……！）

初めて見た、と内心で大喜びするエミルは、何もかもが新鮮だ。

「ほれ、荷物持ち。行くぞ」

オーレがエミルに声をかけると、執事が近づいてきた。

「お荷物をお持ち致します」

エミルの荷物を受け取ろうとする執事に、「これは俺の仕事なので」と言うと、にこりと微笑むと無理強《じ》いせずにすんなりと引いてくれた。「仕事」と言ったから邪魔をしてはいけないと思ってくれたのだろう。

二人は案内され中へ進む。城の内部は昔の造りをそのままに改装を重ねているようだった。世界的に有名な城のような大きさはないが、櫓《やぐら》のある城の建築様式は歴史を感じさせる。鏡のように磨かれた廊下を歩き案内されたのは応接間だった。

「オーレ！　待ってましたよ」

ドアが開けられると、途端に大きな明るい声が部屋中に木霊《こだま》した。

「ルーカス様、お元気そうでなによりです」

前に立つオーレが丁寧に挨拶とお辞儀をするので、エミルも慌ててそれに倣《なら》い頭を下げた。

（この人が、この城のご主人様……）

近くに来たルーカスを見上げる。たぶん、百九十センチはあるだろう。エミルもオーレも身長は百七十五センチくらいなので、この国では小柄な方だ。ルーカスの髪は長くウエーブがかかっているが鬱陶《うっとう》しさはなく、ハッキリとした男らしい顔立ちに似合っていた。

目が合うとにこりと笑う。その笑みは人好きのする、優しいものだった。

「初めまして、だね。オーレのお弟子さん？」

気さくに話しかけられて、エミルは緊張しながら挨拶をする。その気さくさは、ラフな格好からも想像ができた。みんなスーツなどのフォーマルな姿かと勝手に思い込んでいたが、ルーカスは白いシャツにジーンズを穿《は》いている。

「は、はじめまして。エミル・ウルヴェーウスと申します」

するとルーカスは、おや？　というように眉を上げた。

「君がオーレの自慢の息子さんか」

「やめてください、こいつが調子に乗ってしまいます」

ルーカスの言葉にオーレが素っ気ない口調で返すけれど、それには少し照れが混じっていた。

けれど否定はしないので、血の繋がっていない自分のことをそんなふうに話してくれていたのだと分かって、嬉しさでいっぱいになった。

（俺、絶対もっと頑張ってオーレが胸張って自慢できるような職人になるよ）

そう心に決める。

「エミル、よろしくね。自分の家だと思って楽にしてくれていいから」

その言葉に、いやいやそれは無理です、と心の中で突っ込みを入れる。

ルーカスに握手を求められ、慌てて荷物を置いて手を差し出した。その手は大きく少しざらついている。その手の感覚を、エミルは知っている。職人の、手だ。

（そうか、この人も家具を作ってるんだ）

老舗《しにせ》の家具メーカーであるモーアンが、近年業績を上げ続けているのはこの人がオーナーになってからなのだとニュースで見たことがあった。まだ二十代だというのに貫禄があるのはその実績があるからだろう。なにより、人好きのする大らかな笑顔が印象的だった。

「失礼します」

声がして誰かが応接間に入ってきた。

「ヨハン、遅いぞ」

「すみません、ちょっと急な案件が入ってしまいまして。ご挨拶が遅くなって申し訳ありません、オーレ」

「こちらこそ、お久しぶりでございます、ヨハン様」

ヨハンと呼ばれたその人を見たとき、エミルは釘付《くぎづ》けになった。白に近い金髪に鮮やかな青い目。まるでドールのようなきめの細かい肌に、目を奪われる。

「……モデル、さん、ですか？」

そう思えるほどの容姿だった。ビシッと決めたスーツに、靴はオーレのブランドであるウルヴェーウスのものを履いている。綺麗、とはこういう人のことをいうのだろう。

エミルの言葉にヨハンは表情をふっと緩めると、オーレの次に握手を求めてきた。

「初めまして。私は残念ながらモデルではなく、ルーカスと一緒に働いているヨハン・ソールバルグです。よろしく」

そう言ったヨハンもルーカスほどではないけれど高身長で、エミルは少し見上げながらその白くしなやかな手を握り返した。

「エミル・ウルヴェーウスです。よろしくお願いします」

するとヨハンもルーカスと同じ反応を示した。

「あー、君がオーレの自慢の子か！」

そうかそうか、と握手していた手をブンブンと振り回された。容姿のわりにはリアクションが大きくて、なんだか思わず笑ってしまう。

「ヨハン様も余計なこと言わんでください」

また照れたようにオーレが言って、ルーカスとヨハンは目を見合わせて笑っていた。


応接間の窓から見える風景は、森と湖畔だ。色付いた木々の紅葉が湖面に映し出され、まるで絵画を見ているように美しい。「一服してから」と言うルーカスの言葉で、これまた今まで飲んだことのないほど、美味《おい》しい紅茶を執事に淹《い》れてもらう。

「美味しい……」

思わず洩れたエミルの言葉に、「それはようございました」と執事が小さく微笑《ほほえ》んだ。

宮殿にあるような猫足のソファに腰掛け、美味しいお茶を飲みながら素晴らしい景色を見る。そのためにこの部屋が造られたのだと分かる。

互いに一流の職人であるルーカスとオーレは気が合うらしく、話が途切れない。気がつくとオーレの口調もルーカスにつられて普段と変わらないものになっていた。それを気にする

こともないルーカスも楽しそうだった。

そんな二人の話を聞いているエミルに、ヨハンが話しかけてくる。

「エミルも靴を作られているんですか？」

そう言いながらティーカップを手元に置く姿すら優雅で、思わず緊張してしまう。それなのに目が離せなくてその青い瞳に吸い込まれそうになる。

「え、っと……はい。まだ……見習いですが……」

辿々《たどたど》しく答えると、横にいたオーレに背中を叩かれた。

「しゃきっとしなさい、しゃきっと！　きちんとした受け答えも接客の一つなんだから」

「はい！」

それは分かっているけれど緊張してしまうのは仕方がないのだ。上客だと思っていたけれどまさか城に連れてこられ、しかもその客はモーアン一族の当主であるルーカスというだけでも驚いたのに、一緒にいるヨハンは家具メーカー・モーアンの社長だというではないか。緊張しない方がおかしい。

「緊張しなくていいですよ。私達のことは友達だと思ってくれていいですから」

ルーカスと同じようなことを言うヨハンに、無理です、とまたもや内心で突っ込みながらも、自分の緊張を解《ほぐ》してくれようとしているのが分かって、ヨハンの人柄の良さが滲《にじ》み出ていた。

ヨハンが見習いのエミルにも気を遣い話しかけてくれるのは、オーレが作った信頼関係があるからだろう。優しく言葉をかけてくれる二人の好意を無駄にしてはいけないと、エミルは気持ちを入れ替えて顔を上げた。

「ありがとうございます。お心遣い感謝します」

やっと自分らしく答えると、ルーカスとヨハンがうんうん、と頷《うなず》いてくれた。隣にいたオーレも口元が緩んでいるのが分かって、なんだかとても甘やかされているなと感じた。

「あの、質問してもよろしいですか?」

エミルの言葉に、ルーカスが「いいよ」とこれまた軽い口調で返してくる。

「あ、あとその堅苦しい口調も、なしでいいから。俺、そういうの苦手なんだ」

「けど……」

チラリとオーレを見れば、小さく頷いたのでルーカスの言葉通りでいいようだ。

「分かりました。ではお言葉に甘えさせていただきます」

そこまではちゃんとした言葉遣いで返し、質問をした。

「あの、じいちゃんはいつからモーアン一族の御用達《ごようたし》になったんですか?」

オーレは得意先の話を漏らしたりしない。もちろん必要な情報であれば話してくれるが、その内容は本当に必要最低限に留《とど》めている。オーレからこの城のことを聞いたことがなかったのがいい例だ。エミルとしてはオーレがモーアン一族の靴を作るようになった経緯《いきさつ》が気になった。なにか繋がりがあったのだろうか。

「オーレにはずっとお世話になってると思うよ。先代当主、の頃からですよね？　オーレ」

話を振られてオーレはにこりと笑うだけだった。これは自分からは話す気はないということだろう。

「俺はフォーマルの靴は全部オーレに作ってもらってるよ。今日も来年日本に進出する際に持って行く靴を作って欲しくてね」

モーアンの家具は世界中で人気が高まっていると聞いたことがあった。ヨーロッパはもちろん、アメリカやアジア、特に日本からの発注が増えてきているのだという。

「日本に行かれるのですか？　来年は……三十歳のお誕生日も控えていらっしゃるのに」

オーレが少し心配そうな声で言う。なにが心配なのか、エミルは分からない。三十歳という年齢が、なにか特別なのだろうか。

「大丈夫ですよ、色々と覚悟はできたので。新年の行事を終えたら日本に移動しようと思ってます。それまでに、靴をお願いしたいんだけど……」

ルーカスの言葉に何かあるのは分かったが、さすがにそこまで聞くことは失礼だなと思い留まった。オーレはまだ心配そうな表情をしていたけれど、頷いて「わかりました。それまでに仕上げます」と告げる。その返答にルーカスは「よかった」とホッとしたように笑う。

「じゃあ、今度は私の番だエミル」

矛先を向けられて、エミルはビックリした。ヨハンがニコニコと笑ってこちらを見ている。

「お前、なんか変なこと言う気じゃないだろうな」

ルーカスが隣のヨハンの表情を見て、何か感じたようだった。

「別に変なことではないと思うよ。ねえ、エミル」

「はぁ……」

話の持って行き方が不思議な人だなと思いつつ、エミルが首を傾《かし》げているとヨハンがある提案をしてきた。

「私もルーカスと一緒に日本へ行くんです。だから、エミルは私の靴を作ってくれませんか?」

思わぬ発言に、驚いて目を見開いた。自分にできるのか、やっていいのか判断ができない。とっさにオーレの顔を見ると、笑みと共に頷いてくれる。それが肯定だと分かり、嬉しくなった。まだ修業中の身でオーレの及第点にも届いていない自分にできるだろうかと心配は尽きないけれど、この機会を逃したくない。そう思いエミルはヨハンの顔をまっすぐに見た。

「俺で、よければやらせてください!」

身を乗り出して勢いよく答えると、ヨハンが微笑んだ。美しいその笑みに、胸がドキドキしてしまう。

「じゃあ、日本には二人で新しい靴を持って行けるな」

ルーカスとヨハンは、日本での事業が軌道に乗るまでは向こうで暮らすらしい。

「では、お二人の成功のために、最高のものをお作りしなければいけませんね」

オーレの言葉に、エミルは身が引き締まる思いだった。

「じゃあ、まずは採寸からだ。足型をキッチリ取りなさい」

オーレに言われエミルは「はい！」と元気よく返事をすると、持ってきた荷物の中から道具を取りだした。

【○○月○○日
ヨハンさんの二度目の採寸に行ってきた。普段は市内のオフィスにいるというので、サンプルを持って合わせてきた。家具を見せてもらい、昼食をごちそうになってしまった。見習いの俺に靴を作らせてくれるヨハンさんは優しい人だ】

ヨハンの靴を作ることになったエミルは、城に行ったあの日、オーレに指導されながら足型を取った。オーレはいつもそれとなく、助言してくれる。穏やかに、けれど時には厳しいが怒ったところを見たことがない。だからこそ、もっと洗練されたものを作り、オーレに認めてもらいたいと思うのだ。

店の奥の工房で、今日も足型を元に木型を作る。工房の壁は一面にお客様の木型がぶら下がっている。よほど脚の形が変わらなければ、何度もその木型が使えるのだ。

木型が出来上がると、今度は型紙を起こしサンプルを作る。そのサンプルを元に何度も修正を繰り返して型紙を作り直す。特にエミルはまだ修業中の身なので、その修正がどうしても多くなってしまう。

そのためヨハンには手間をかけさせてしまうが、数回カウンセリングと採寸をお願いしたいと連絡を入れた。するとヨハンが『じゃあオフィスに来てもらってもいいかな？』と提案してきたのだ。城に行くよりは近いしその方がありがたいということで、話がトントン拍子に進んでいった。

この国の首都にあたる大きな街は、古い建築物と近代的な建物が混じり合っている。オーレの工房兼自宅は、その中でも北に位置する場所にある。そこは個人経営の店やアンティークショップなど、個性豊かな店が建ち並ぶ地域なのだ。メインストリートには街路樹が並び、今の季節は紅葉を見せてくれる。エミルは二階にある自分の部屋からその風景を楽しむのが好きだ。

市内でも一番近代的なビルが建ち並ぶ通りに、モーアンのオフィスはあった。とは言っても高層ビルではなく、五階建てで一階と二階が店舗になっていた。

「おしゃれだな」

店の看板と外観に、思わずそう呟いた。シンプルなロゴデザインだが、一目で覚えられるのは洗練されているからだ。

少し早めに着いてしまったので、エミルは店内を見ることにした。一つ一つ手作業で作られている家具は、温もりが違う。それは靴にも同じことが言えるだろう。エミルの履いている今日の靴は、オーレが作ってくれたワークブーツだ。去年の誕生日に、若者らしくカジュアルなものをといってプレゼントしてくれたのだ。この履きやすさは職人のなせる技で普通の既製品では味わえないものだ。

展示されている椅子《いす》に座ってみると、すっぽりと臀部《でんぶ》が包み込まれしっくりくる。

「うわ……座りやす……」

そしてこの椅子にも靴と同様の技を感じた。職人が丁寧に作っているからこそ、この座りやすさなのだろう。

最近腰が痛いとよく漏らしているオーレに、いつかプレゼントできたらいいなと、その椅子に何度も座り直していると、後ろから声をかけられた。

「お気に召しましたか?」

驚いて振り返ると、ヨハンが笑いながら立っていた。

「ずいぶん念入りにチェックしてましたね」

いつから見られていたのだろう。ちょっと恥ずかしくて顔を赤らめた。そして言い訳をするように、思っていたことを口にする。

「チェック、というかとても座りやすくて……お金貯めてじいちゃんにプレゼントしたいなって思いました」

「それはとても嬉しいですね。オーレもだいぶお年を召してきましたしね」

ヨハンが横に来て、自分の会社の商品を愛《め》でるように撫でた。

「このアームも、職人が一つ一つ削り出しています。いつか靴のようにオーダーメイドで作るのも、面白そうですね」

人の体に合わせた椅子。本当はどんなものでも、その人それぞれに合わせられるのが理想だろう。

隣に立つヨハンから、甘いフレグランスが香ってくる。

(いい、匂《にお》い……)

その匂いは今まで嗅《か》いだことがないほど甘く誘惑的だ。普通の人ならばほんのり香る程度のものなのだろう。けれど鼻が良すぎるエミルには頭がぼんやりしてしまうほど強く、体の中から一気に熱が沸き上がってくる。

(久しぶりに、ヤバいやつだ……)

性欲とはまた違う、己の本能。

それをもうコントロールできる術《すべ》を身につけたはずなのに、ヨハンの匂いについ反応してしまった。ただのフレグランスに、こんなふうになるなんて初めてだ。

「エミル？　具合でも悪いんですか？」

目を閉じてグッと堪《こら》えているエミルに心配そうな声をかけてくる。

「だい、じょうぶです……すみません。時々、目眩《めまい》がするだけで……」

と誤魔化《ごまか》した。閉じていた目を開けると間近にヨハンの顔があって、驚いて息を呑《の》む。

（近い近い！　この人の顔、綺麗すぎてそれだけでもヤバいのに）

エミルの心情など知るよしもないヨハンは、「ちょっと顔も赤いよ」と頬を両手で包み込んでくるから本当に動悸《どうき》がしてくる。だめだ、これ以上近くにいたら体のコントロールができなくなる。

「あの……、もう大丈夫ですっ！」

ぐいっと胸を押しのけるようにすると、ヨハンがその手をぱっと離す。そしてふふ、と少し含んだ笑みを浮かべて言った。

「よかった。それだけ大きな声が出せれば大丈夫ですね」

と言ったあと、また顔を近づけてきた。今度は肩に手を置いて耳の後ろに鼻を近づけて、まるで犬のように匂いを嗅いでくる。

「あ、っ……の、……」

「なにかいい匂いがしますね。なんででしょう」

耳元に吹きかけられた吐息に体が揺れる。近くてヨハンの匂いも強く感じてしまう。それ

にヨハンが匂いに疑問を持ったことで、心拍数が嫌な上がり方をしていた。

（秘密がバレるような、こと……してないよな……？）

そんなことを言われて不安に駆られてしまう。赤くなったり青くなったりと忙しい。急に表情を硬くしたエミルに気づいたようだ。

「あ、すみません。私は人よりちょっと匂いに敏感なんですよ。これが意外と当たっていましてね。好きではない匂いの人とはお仕事もうまくいかないんですよ」

にこりと笑うヨハンの言葉に特に意味はなかったらしい。そう言われてホッとしていると、ヨハンが付け加えてくる。

「ということは、私たちは相性がいいってことですね。君に靴をお願いして正解だった」

安心させるような優しい笑みに、エミルは体の力を抜いた。

「そう言ってもらえて、俺も嬉しいです」

そう返したけれど、変に勘ぐってしまい恥ずかしくなる。今までもずっとバレなかったのだから、大丈夫だと自分に言い聞かせる。

「さ、そろそろ上のオフィスに行きましょう。君の作ってくれる靴の出来上がりが、楽しみです」

「よろしくお願いします」

期待と重圧がエミルの肩にのし掛かった。そうだ。一人の職人として見てくれているのだから、期待に応えなければ。エミルが頭を軽く下げると、ヨハンはまた口元を緩ませた。

そっと背中に手を当てられエスコートされる。店内の奥にあるスタッフオンリーの階段を上がると、三階から上はすべてモーアンのオフィスになっていた。

「もう一階上が、私とルーカスの専用オフィスなんですよ」

四階に二人の専用オフィスがあるらしい。三階のオフィスにはデスクが並んでおり、スタッフが電話対応や事務作業を行っている。ヨハンとエミルが通るのに気がついたスタッフが挨拶をしてきたのでエミルも挨拶しながら、ヨハンの後を追いさらに階段を上がった。その一室に招かれる。

「どうぞ」

「お邪魔します」

足を踏み入れたその部屋はスッキリと整頓されていて、無駄なものがないという印象だった。窓を背にした広いデスクがあり、左側の壁は全面が棚になっておりぎっしりと本が詰まっていた。そして部屋の中心には応接用のソファが置かれている。もちろん、モーアンのものだ。

「そこ、座っててください。今飲み物をお持ちしますから」

「大丈夫です」

遠慮したエミルに、ヨハンが微笑みかけてくる。

「そう言わずに。さっき具合悪そうだったから一息入れてからにしましょう」

と言われてエミルは「ありがとうございます」と素直に礼を言った。ヨハンはエミルの心配をしてくれていたのだ。

ソファの近くに立ち尽くしていると、ヨハンに声をかけられる。

「さ、いいから座って」

と促されエミルはシックな色合いのソファに腰掛ける。店内で座った椅子とは違うけれど、座り心地がよくて思わず「気持ちいい」と声を出してしまう。するとヨハンが満足げな笑みを浮かべて言った。

「そのソファはルーカスが作ったものなんですよ」

「やっぱりそうなんですね」

「ええ。私の要望をふんだんに取り入れたものなので、オーダーメイドになりました。ルーカスはわがままと文句言っていましたけどね」

と勝ち誇ったように笑っていて、見た目とは違う、ユニークな一面を見せる。

「すごく、座り心地がいいですよね」

エミルが感想を言うとヨハンは嬉しそうに目を細めた。

「そう言っていただけるのが、私もルーカスも喜びなんです。そこを追求して作っているので、分かってもらえて嬉しいです」

柔らかすぎず硬すぎないクッションは体が沈み込まないし、それでいてフィットするような安定感がある。アームは重厚感よりもファッション性を追求しているのだろうか。オークのような色合いが部屋を明るく感じさせる。

「やっぱり、頑張ってじいちゃんにモーアンの椅子を買ってあげたいな……」

そうすれば少しはオーレの腰痛も良くなると思うのだ。そんなエミルの独り言をヨハンに聞かれていた。

「私もオーレに何度もプレゼントしたいと言ったんですけどね。それはダメだと断られてしまって……互いに職人なので作る大変さを知っているから、安易にもらうなんてことはできないと仰《おっしゃ》って……」

それもじいちゃんらしい、とエミルは思った。ならばなおさら自分が頑張って働いてオーレにプレゼントしたいと、その気持ちが強くなる。高価なものでなければ、エミルにも手が届くだろう。

「あの、俺クリスマスプレゼントに、じいちゃんに椅子を買ってあげたいです。けど予算的にそんなに高いものは無理なんですけど……」

エミルの言葉にヨハンは頷いた。

「今度一緒に選びましょう。もちろん、あなたのご予算に合わせたものの中で、いいものを選ばせていただきます」

きっとオーレも喜びますよ、と言ってもらえてエミルも胸が嬉しさで弾む。

「ありがとうございます！」

どんな椅子がいいか、オーレの気に入りそうな形はどれか、好きな色は何色かなど、モーアンのカタログを見せてくれて、楽しくて自分がここに来た目的を忘れてしまいそうだった。


お茶を飲みながらしばらく話をした。ヨハンも楽しそうにしてくれていた。ソファに座り足を組む姿は、それだけで様になっていて目を奪われる。

（ほんと、この人なんでモデルやってないんだろう……）

と思ってしまうほど、完璧《かんぺき》な容姿を兼ね備えている。それでいてこの国を代表する家具メーカーの社長だ。ハイスペックにもほどがある。

そんな彼と緊張せずに話せたのは、話題を途切れさせないようにと気を遣ってくれていたおかげだ。年は少し離れているが音楽の趣味も似ていた。クラシックとか聴いてるのかな、と勝手な想像を巡らしていたが、意外にもロックが好きだと笑う。最近エミルもロックばかりを聴いていたので、話が盛り上がった。内容は他愛のないものばかりだったけれど、靴を作る上でも相手のことを知るのは大切なことなので、無駄ではなかった。

話題が尽きなくて、おしゃべりだけでかなりの時間を割いてしまっていた。

「そろそろ、本題に入りましょうか。お願いできますか?」

話の区切りが見えたところでそう言われ、エミルは立ち上がった。

「では今から準備します」

鞄から道具を広げ採寸の準備を始める。

ヨハンはエミルの体調も心配してくれていたし、あえて話す時間を増やしたのは、リラックスさせるためにしてくれたのかもしれない。そう思ったら、胸の奥が温かくなった。

(優しいんだな)

エミルに靴を作らせると提案してくれた理由も、どうしてこんなに自分に親身になるのかも分からなかった。

(俺にとっては、ありがたいことだけど……この人になにかメリットがあるのかな……)

まだ半人前の修業中の身であるエミルが作ることにより、余計な時間を割いてもらうのはデメリットにならないだろうか。そう思われないためにも、満足してもらえる靴を作りたい。

ヨハンに靴を脱いでもらい、足をもう一度採寸する。

「どんな靴にしたいですか?」

歩きやすい。履き心地がいい。かっこいい。なんでもいい、その人が思い描いているものを聞きたいと、エミルは質問を投げかける。どんな些細《ささい》なことでもいい。むしろその些細なことが実は本当に求めていることだったりするので、大切なのだ。

「どんな、ねぇ……そうだな。ずっと履いていたいって思えるものが欲しいかな」

理想が高すぎるかな？　と不敵な笑みを向けられて、エミルは闘争心に火がついた。

「いいえ、みんなが求めている理想だと思います」

絶対にこの人に、いい靴だと言わせたい。そう心に誓う。それがエミルのモチベーションになった。

そしてヨハンの理想の靴は、まさしくモーアンの家具にもいえるものではないかと思い至った。それをエミルに教えてくれようとしているのではないだろうか。

エミルは、何気なく疑問をぶつけてみた。

「どうして、見習いの俺に頼んでくれたんですか？」

本来ならオーレにオーダーするべき人だというのは分かっている。あの時、もし一緒に行ったのが自分ではなかったら、その時一緒に行っていた別の職人に頼んでいたのだろうか。

「あの時、君がそこにいたから、ですかね？」

膝を突いて彼の足を採寸していたエミルは、その言葉に顔を上げる。

「別の、職人でも同じことを頼んだということですか？」

「うーん、どうだろう。それはしなかったかもしれないですね。君以外、オーレのところの職人はベテランで全て任されている人たちばかりですよね？　うちの工房にもルーカス以外の職人が何人もいます。むしろルーカスより技術が高い熟練の職人たちです。ルーカスはいつもその人たちに教えを乞うんですよ。私はその貪欲さが、彼の強みだと思っています」

デザイナーでもありオーナーでもあるルーカスは、今でも時間さえあれば木を削るのだという。自分の思い描いたカーブが出せるまで何度も何度も、何本も何本も削り続ける。

「私はそんなルーカスを見ているので、君にもいい職人になって欲しいなって思ったんです。それがエミルに作ってもらいたいって思った理由です。答えになってますか？」

まだ未熟なエミルに経験を積ませてくれようとした、ということだろう。嬉しい反面悔しさもあった。それをバネにして頑張りたいと思う。

「俺、絶対にあなたに理想の靴だって言わせてみせます！」

エミルの意気込みにヨハンは目を細め口元を緩ませる。まるで、先生と生徒のようだなと思った。

「じゃあ、もうちょっと細かく採寸させてください」

そう言って、改めてエミルはヨハンの足を観察する。前回見逃してしまっていた部分はないだろうか。ヨハンの足は甲も薄く指が長い。足底のアーチもしっかりしていて、きっと足が速いだろうな、と想像ができた。歪《ゆが》みがない、と言えばいいだろうか。普通日常的に一番使っている場所でもある足底は、角化している皮膚もない。全てにおいてメンテナンスされていて、完璧と言いたくなる。

（何度見ても綺麗な足だな……）

足がこれだけ綺麗なら、その体はどれだけ完璧な作りをしているんだろうか。そう想像してしまったとたん、落ち着いていた己の本能がまた湧き上がってきそうになって、これ以上考えてはダメだと慌てて頭を振った。

「どうしました？　また具合でも悪くなりましたか？」

心配そうに覗《のぞ》きこんでくるヨハンの青い瞳が間近にあって、ドクリと心臓が跳ねた。

（なん、だ……これ……）

なんだか恥ずかしくて汗が噴き出してしまう。一気に体が熱くなって今すぐ消えてしまいたくなった。

「せっかく解けていた緊張が、また戻ってしまいましたね」

私のせいですね、とヨハンが苦笑する。そんな顔をさせたかったわけじゃないのに、とエミルは首を横に振った。

「違います。ヨハンさんのせいじゃありません！　俺が、変な気分になっただけでっ……いや、変な気分っていうかあの、それはっ……」

それは自分の体に流れる血のせいだとは言えない。オーレ以外誰にも話したことのない秘密を、言うわけにはいかない。けれどヨハンには、誤解されたままになるのは嫌だ。何か言い訳をしなければと考えあぐねていると、ヨハンはやはり自分のせいですね、と苦笑気味に眉を下げた。

「よくあることなんです。私はどうしても人から誤解されやすい容姿をしているようで、冷たい印象を持たれがちなんです。なので、皆さんを緊張させてしまうみたいで……」

家具メーカーの社長としてはいい見本にはなれていないんです、と少し落胆を見せる。けれど彼はすぐに顔を上げた。

「だからといって、それでいいわけがない。私は私なりの努力はしているんですよ」

そうだと思う。今日だってエミルを気遣ってくれていたのは、自分がよく分かっている。

「分かります。だって……ヨハンさんは、すごく優しい人だから」

それだけはハッキリと言える。こんなにも自分によくしてくれる人だ。彼の見せる気遣いはビジネスのそれではないというのも分かる。

そんなエミルの言葉に、ヨハンは驚いたような顔をしたあと、すぐに表情が緩んでいく。

「ありがとう。会って間もない君に、そんなこと言ってもらえるなんて思わなかった」

その言葉は彼の本心だと思った。飾らない「ありがとう」だったたから。

ヨハンが嬉しそうに笑っている。何が嬉しいのか分からないけれど、その笑顔が今まで見た中で一番綺麗だったことだけは分かった。

「お礼を言わなきゃいけないのは、俺の方です。ヨハンさんの大切な時間を割いてもらってるんですから」

「そんな事ないですよ。エミルと話すのは楽しいですし」

と言ったあと、少し考え込んだヨハンが、ある提案をしてきた。

「ねえ、エミル。今度、モーアンの城に遊びに来ませんか？　用があって数日城に滞在するんですよ」

いきなりの誘いにエミルは驚きを隠せない。

「え……嬉しいですけど……でも……」

「もし君に休日の予定がなくてスケジュールが合えばですが、よかったら城に招待するのでゆっくりと話しませんか？」

そう持ちかけられて、エミルは舞い上がるような気分になった。けれど現実問題、仕事が詰まっている。オーレにも相談しなければいけないし、と脳内で考えを巡らせる。

（頑張って仕事を終わらせれば、どうにかなるかな……）

考え込んでいるエミルに、ヨハンがさらに続けた。

「君が来てくれたら、私はとても楽しめる気がするんです。ルーカス以外にこんなに気兼ねなく話せる相手は、初めてなんですよ」

そんなことを言われたらお世辞でもその気になってしまう。それにもう一度あの城をゆっくり見てみたい。あの応接間からの風景は、どこか懐かしさを感じさせるものだったのだ。

「行きたい、です。頑張って仕事も終わらせるので……」

返事をすると、ヨハンが顔をほころばせた。

（こんなに喜んでくれるなんて……俺も、嬉しいな……）

今までの友達とは違う感覚だ。同年代でもないし立場も違うのに、彼のことをもっと知りたいと思っている自分がいた。

「楽しみにしてますよ」

跪《ひざまず》いているエミルの髪を、その細くて長い指が撫でていく。その瞬間、また心臓が跳ねてエミルは下を向いた。顔が熱くて仕方がなかった。

【○○月××日
ヨハンさんの誘いで城に行くことになった。じいちゃんに少し渋られたけど。いろんなところに行くことは経験になるからと、最後には許してくれた。けどずっとなんだかアレが頻繁に起きる。じいちゃんに話したら絶対に行くことを反対されるから、誰にも相談できない。帰ったら話そう】

自分がオーレとも違うと分かったのは、小学生の時だった。

オーレには狼の耳と尻尾《しっぽ》が出ないから、自分は異質なのだと思っていた。けれどオーレは、そうじゃないと、自分には変化する能力がないだけだと悲しい顔をしたからそれ以上なにも聞けなくなった。

満月前後は力が満ちてしまい、子供では力がコントロールできず、狼の姿になってしまっていた。そのせいで学校を休みがちだったエミルはクラスメイトには体が弱いと思われていた。それはそれで好都合だった。興奮すると耳と尻尾が出てしまうので、あんまりみんなと一緒に遊ぶこともしなかった。自分の秘密を知られてはいけない、という気持ちが働き過ぎて、心を許せる友達は作れなかった。そんな学生時代を送ってきたエミルにも、パーティーに誘ってくれる友人はもちろんいる。友人たちは皆気さくで優しく、エミルのことを好いてくれていると思う。ただ、自分だけが心を開けずにきた。それができたらどんなに楽だっただろうか。けれどこの秘密を人に話すことなんてできない。そんなエミルに恋愛などできるはずもなかった。エミルの恋愛対象は男性で、恋人は何人かいたけれど体の関係までには至らず、長くは続かなかった。それはそうだ。心を開けないのだから、温度差ができてしまうのは仕方がないと諦《あきら》めていた。

自分は冷たい人間なんだな、と思う。心の奥底にある、誰にも言えない秘密のせいで一線を越えられない。

(それなのに、なんだろうな……ヨハンさんは違う、気がする……)

あの人になら全て話せるような気がする。

(優しくされたからって……いい気になりすぎだろ俺)

こんなに軽率でいいのだろうかと自分を叱咤《しった》する。まるで人形のように整った容姿のヨハン。その上頭も良く、有名家具メーカーの社長。そんな雲の上の人に、プライベートで誘われたら、舞い上がってしまうのも仕方がない。自分でも浮かれているのは分かっている。けれど、嬉しいものは嬉しいのだ。

無事に予定の仕事を終えることができ、今日から休みだ。荷造りを終えるとオーレに声をかけようと店に顔を出す。工房につながる扉から覗けば、エミルを迎えに来たヨハンがオーレとなにか話をしているようだった。

「あいつには余計なことは言わないでください」

オーレの声が聞こえてきた。その声色は硬く、エミルはなんだろうと耳を傾ける。

「けれど、もう彼も大人ですよ。話す決心をしてください。こちらはいつでも受け入れる準備はできています」

彼、とは自分のことなのがすぐに分かったし、険悪とはまではいかないが、あまりいい雰囲気ではなかった。オーレは難しい顔をしているし、ヨハンはエミルに見せるようないつもの優しい笑顔とは違う、人を従えることのできる強いオーラを放っていた。

(話すって、なにを……?)

なにか自分に問題があるのなら、隠さないで話して欲しい。けれどオーレが話さないことを無理矢理聞きだすこともできない。オーレが言わないということは、エミルのためを思ってくれているということだ。

このまま二人にしておかない方がいいと思ったエミルは、何食わぬ顔で扉から顔を出した。

「お待たせしました」

エミルの声にオーレは、すぐにいつもの温厚な声で返事をする。

「準備は終わったのか？」

「うん、ちょっと合わせたいところがあってサンプル入れたら荷物が増えちゃったけど」

オーレは「そうか」と言うと、今度はヨハンに頭を下げる。

「こいつのこと、くれぐれもよろしくお願いします。少しずつ私のいない仕事にも慣れてもらわなければいけませんし」

「大丈夫です。お任せください」

ヨハンも先ほどとは違い、いつもの柔らかい彼に戻っていた。

「エミル、粗相するんじゃないぞ」

「子供かよ……」

と思わずオーレの言葉に突っ込みを入れる。

「お前はやりそうだから言うんだ」

オーレの溜息交じりの言葉に「信用ないな」と苦く笑う。確かにモーアンの城に一人で行くのは心許《こころもと》ない。失礼がないように、それだけは気をつけなければと気を引き締めた。

「分かった。気をつける」

気合いを入れてそう返すと、オーレはポンとエミルの肩を叩いて「いってらっしゃい」と笑ってくれた。

「じゃあ、お預かりします。行こうエミル」

ヨハンに促され店を出て振り返ると、オーレが入口で見送ってくれている。手を振ると振り返してくれた。

「いってきます」

そう呟いてヨハンの車に乗り込んだ。オーレの姿が、なぜか目に焼き付いて離れなかった。


ヨハンの運転で車を走らせる。

てっきり迎えの車は運転手がいるものだと思っていたが、ヨハンだけで驚いた。

「ヨハンさんも運転するんですね」

「しますよ。休みの日はだいたい城に戻って過ごすので、自分で運転してしまった方が気が楽なんですよ」

と笑う。

「ルーカスさんと一緒に戻るんですか？」

「そうですよ。ルーカスも城を空けっぱなしにできないのでね。あと、デザイナーとしても城にいるときの方がインスピレーションが湧くようなので」

その話を聞いてどんなときもヨハンはルーカスに帯同しているんだなと分かった。まるで、彼を守っているかのようにも思えて、二人の関係は自分には計り知れない絆《きずな》で結ばれているんだろうなと、少しルーカスが羨《うらや》ましく思えた。

市内から一時間。二度目の訪問となるモーアン城に到着した。

「ようこそいらっしゃいました。エミル様」

「お世話になります」

入口で執事が出迎えてくれた。敬称を付けられることに慣れていないので、エミル様なんて言われるとむずがゆい。その点、ヨハンは慣れた様子で執事ともう一人の使用人に荷物を渡していた。

「父さん、ルーカスは？」

「父さん!?」

ヨハンが執事にそう話しかけていて驚いて思わず振り返る。

「そうなんです。この城を守っている執事が私の父なんですよ。私は跡を継がず自由にさせてもらってるんですがね」

「ヤン・ソールバルグと申します」

そう言われると、にこやかな笑顔はヨハンに似ている。

「私も息子も、モーアン家を支えるお仕事をさせていただけて、誠に幸せでございます」

その言葉で代々モーアンに仕えてきた一族なのだと想像できた。その立ち居振る舞いからヨハンも貴族の一員なのかと思っていたけれど、そうではないようだ。

「さ、中へどうぞ」

ヨハンの父に促され、エミルはモーアン城に足を踏み入れた。

「ふぁー……やっぱりすごい……」

上流階級とは無縁の世界に住んでいるエミルは、そのきらびやかさに圧倒されてしまう。前回は緊張していて見る余裕もなかった天井を見上げると、吹き抜けのホールに大きなシャンデリアがぶら下がり、その上には壁画が描かれている。これはフレスコ画かな、なんて思いつつ見上げていると、ふっと笑う声が聞こえてくる。

「エミル、口開いてますよ」

すごすぎて開いた口が塞がらない。

「だって、すごく綺麗だから……」

シャンデリアの柔らかく反射する光が壁画を色鮮やかに浮き上がらせている。まるで中世の世界にタイムスリップしたみたいだ。

「あとで城内を案内しましょう。モーアンがこの土地を統治していたころからの建物なので、歴史的価値のあるものも多いんですよ」

　歴史に詳しいわけではないけれど、興味はあるのでワクワクしてしまう。

「楽しみにしてます」

「ではまずは、当主へ挨拶に行きましょう。ちょっと離れた場所まで行きます」

　ヨハンにそう言われ、首を傾げる。この城の主《あるじ》はここにはいないということだろうか。しかも。

「靴だけワークブーツに履き替えましょう」

　と言われてなおさらどこに行くのか分からなくなった。

　荷物を預け、言われた通りに靴を履き替えた。履きやすい靴を持っていった方がいいと言われていたのだ。

「さ、行きましょう」

　用意されていたのは四駆の車だった。どうしてこんなゴツい車に？　と思ったけれどその行き先が城の外、しかも裏手にある山に向かっていてその必要性をすぐに理解した。

　城は森を背に広大な敷地が広がっている。以前オーレと来たときに、応接間から見えた湖の向こうの山もモーアンの敷地らしい。

　舗装されていない林道を進んでいく。木々は葉を落としはじめ冬が近づいてきているのを感じた。

「もう少ししたらあっという間に雪が積もりますよ。その景色も美しいのでまた見に来ましょう」

運転しながらヨハンはそう言ってくれた。また呼んでくれるんだ、と思うと嬉しくなる。

山が近づいてきて徐々に坂道になってきた。どこまで行くのだろうと思っていると、突如開けた場所に出た。

「ここは……？」

二階建ての大きな山小屋があり、車が数台停まっていた。その横には倉庫が建っている。

「モーアンの工房ですよ。ルーカスは基本、城よりここにいることの方が多いんです」

行きましょう、と促されエミルは車を降りてヨハンの後を追った。

「お疲れ様です」

山小屋の扉を開けると柱以外は遮るものもない部屋が広がっていた。窓は大きく自然光がそのまま入ってくる。柱や梁《はり》は丸太を使用していて、温かい雰囲気だ。広く場所を使えるように、机は壁際に配置されていて、各々作業をしているのが見えた。

「おや、ヨハン。どうしたんだい。若い子連れて」

入ってきたのに気づいた職人たちが、気さくに声をかけてくる。

「ルーカスはどこにいます？」

「裏におるぞ」

一人の年輩の職人が教えてくれた。

「ありがとうございます。焼き菓子を持ってきたので、あとでコーヒー淹れますね」

手に持っていた紙袋を掲げると、職人たちは喜んでいた。エミルとヨハンは建物の裏手に出る。そこにいたのは髪を結わいた大柄の男性、ルーカスだった。斧《おの》を振りかざし、薪《まき》を割っている姿がよく似合っている。

「ルーカス、なにやってんだよ」

とたん、口調が崩れた。それが親密さを現していた。エミルには見せない表情がなぜか胸をざらつかせる。

「おー、ヨハン。どうした？」

「どうしたじゃないよ、早めに来るから城にいろって言ったのに……」

溜息交じりの呆《あき》れ声でヨハンに言われても、ルーカスは気にしていないようだ。

「悪い悪い、じいちゃんたちがそろそろ寒いんじゃないかと思って、もうちょっと多めに薪を準備しておきたくてさ」

そういえば工房の壁には大きな暖炉が見えた。十月とはいえもう暖房が必要だ。エミルもオーレのためになるべく暖房の管理をしているなと、ルーカスの言葉は思い当たる節があった。

それにしても当主直々《じきじき》に薪割りをするとは、思ってもいなかった。

「彼も職人だから工房とか見るの面白いかなって思ってお連れしたんだ」

ヨハンがルーカスにそう説明していて、エミルの興味がありそうだから連れてきてくれたのか、と嬉しくなる。ルーカスはヨハンに言われるまで、後ろにエミルがいることに気づいていなかったようだ。やっと顔をこちらに向ける。そして斧を置いて、手袋を取ると近づいてきた。

「エミル、よく来てくれたね！」

そう言って握手を求めてくる。エミルも慌てて手を差し出した。

「こちらこそ、お邪魔してしまってすみません」

「俺はこっちにいるとき、時間があればほとんど工房で作業してるんで」

ルーカスは家具メーカー、モーアンのデザイナーでもあるのだ。この城を受け継いでいるだけでも十分すごいことだが、他の才能も持ち合わせているなんて、すごすぎる。

「面倒なことは全部俺に押しつけてな」

とぼやいたのはヨハンだ。

「やー、ほら俺細かいことは苦手だから」

そのやりとりが当たり前だけれど気が置けない感じがして、本当に仲がいいんだなと感じた。

「これ割り終わったら一休みするから、コーヒー淹れといてくれ」

「はいはい」

呆れたようにルーカスに返事をしたあと、笑顔でエミルに話しかけてくる。

「もうすぐブレイクタイムなので、コーヒーを皆さんで頂きましょう」

そう言ってヨハンはまた山小屋へと戻っていく。そのあとをエミルも追った。裏口のドアを開けるヨハンに声をかけた。

「あの、ヨハンさんとルーカスさんは、仲がいいですよね」

「腐れ縁、みたいなもんですよ」

とヨハンは軽く返してくる。二人の関係がエミルには羨ましく思えた。自分にはそこまで信頼関係が築けている友人はいない。

「お二人の関係が……とても羨ましくて。俺には、そんな人はいないから」

そう言うとヨハンがこちらを振り返る。ドアを開け放ち、「どうぞ」と促され、エミルはまた山小屋に入った。パタンとドアを閉めると、ヨハンがエミルの肩をポンと叩く。

「エミルはまだ若いから、これからたくさんの出会いがあると思いますよ。それに、エミルはとても魅力的ですし、恋人だっているでしょ？　その人とそういう関係を築いていけるんじゃないですか？」

慰めるように言われ、エミルは首を横に振る。

「恋人なんて、いません……俺、人に言えないことが多すぎて、どうしても距離を作ってしまうんです。ヨハンさんは恋人、いるんですか？」

「私はルーカスと仕事で手一杯で、今はそれどころじゃないですね」

と苦笑いしていた。

なぜ、こんなことを話しているのだろうか。自分でも理由は分からない。ただ、ヨハンとルーカスを見ていたら、欲しいと思ってしまったのだ。ヨハンのような存在が。どんな関係でもいいから、彼の中に入りたい。この欲求をなんと呼ぶのか、今のエミルにはまだ分からなかった。

「じゃあ、私とはその距離をなくせるようにしませんか？」

その言葉にエミルは下を向いていた視線を上げる。優しく包み込むような視線がエミルを見つめていた。

ああ、この人は本当にそう思ってくれている。そう感じることができて胸がじわりと温かくなった。

「俺も、距離をなくしたいです」

ヨハンさんと親しくなりたい、と勇気を振り絞って言うと、とある提案をされた。

「では、これから仕事以外の時は、もっとフランクに話しましょう」

これなら簡単でしょ？　と笑いかけてくる。エミルはそんなことでいいならと、頷いた。

「分かりました」

「ほら、それも敬語だよ」

と突っ込んだヨハンが笑う。

「いきなりは……難しいです」

「はは、そりゃそうだね。少しずつ慣れていけばいいよ。君とは……きっと長い付き合いになるだろうから」

「はいっ」

そう言ってもらえたのが嬉しくて、エミルは彼にならら心を開いていけるような気がしていた。


山小屋の広々としているフロアの真ん中に、椅子を持ち寄って歓談していた。作るものは違うがみんな職人だ。通じるところもあり話が尽きない。木の扱い方、削り方など勉強になることばかりだ。


輪の中心にいるのはもちろんルーカスだった。年配の職人たちとも仲が良く、彼らのことをルーカスは「じいちゃん」と呼んでいるし、職人たちもルーカスを当主としてではなく、まるで孫のように可愛がっているのが見てとれた。それは、ヨハンに対しても同じだった。

「ヨハン、コーヒーもう一杯くれ」

「はいはい」

「おお、俺にももう一杯」

「……はいはい」

便乗してルーカスも手を上げる。この山小屋の雰囲気がそのまま製品に現れている。店で見た時、どの家具も木をメインに使っていて温かみを感じたのだ。この場所が家具、モーアンのルーツなのだろう。

普段のルーカスは、大らかなのは変わりないがどこか張り詰めている感じがあったし、ヨハンに至っては表情も厳しい気がした。

けれどここでは違う。二人にとってこの山小屋は憩《いこ》いの場なのだろう。そんなところに入り込んでしまって大丈夫だっただろうかと思ったけれど、招待してくれたことは素直に嬉しかった。

「エミルもどう？」

コーヒーを淹れたポットを手に、ヨハンが声をかけてくる。

「じゃあお願いします」

「ヨハンはコーヒーが好きでこだわりがあるから、美味しいのを淹れてくれるんだよ」

職人の一人がそう教えてくれる。

「俺だけじゃなくて、みんなも好きでしょ？　こんなに豆揃《そろ》えてるんだから」

ヨハンがキッチンの戸棚を開くと、ずらりといろんな豆が並んでいた。確かに市内はカフェもたくさんあるし、嗜好品としてコーヒーを飲む人が多いのだ。

「うちらが飲むときは、そこのコーヒーサーバーで淹れちまうからな。十分美味しいけど、やっぱりヨハンが手間暇かけて淹れてくれるからいいんだよ」

職人たちがヨハンを褒めると、ルーカスもなんだか嬉しそうだった。それだけで互いの存在を大切にしているのが分かった。

「ヨハンはなんでもできるからな。今度料理も食わせてもらうといい」

「機会があったらね」

と言ってもらえて、もし本当にそうなったらいいな、と期待してしまう。

「基本は本社にいるから、今度ディナーに招待するよ」

ルーカスがそう言ってくれて、エミルはすかさず返事をしていた。

「是非！　俺もまた色々話を聞かせて欲しいです」

あわよくば、ヨハンともまた会える、そう思って答えたのだが、淹れたてのコーヒーを手に近づいてきた彼は少しだけ不機嫌な声を出す。

「職人同士、気が合うってことかな」

「そうだね。木材を扱うし、通じるところはあるよね、エミル」

ルーカスが笑いながらそう答え、エミルに話を振るから少し戸惑いつつ「はい」と返事をする。そんなやりとりを見ていた職人の一人が話しかけてくる。

「ありゃ、すねてるだけだ。気になさんな」

と、教えてくれた。

「そう、なんですか？」

「よほど君を気に入ってるとみた。あいつが感情的になるのを久しぶりに見たなぁ」

そう言って笑っている。

「ヨハンのやつは普段はルーカスを支えなきゃならんと気を張っているみたいだからな。あんまり感情を表に出さないんだ。ルーカスも色々と当主としての問題を抱えていてな。ここが唯一《ゆいいつ》気兼ねなく過ごせる場所なんだよ」

職人の話でモーアン家が複雑な事情を抱えているのは、なんとなく分かる。ヨハンは当主を支える陰の存在。

昔からずっと一緒にいた二人には、特別な空気が流れている。誰も立ち入れないような、そんな親密さは長年連れ添った夫婦のようだ。ヨハンがエミルの視線に気がつき、声をかけてくる。

「じいさんから変なこと聞かされてない？」

「なーんも言ってないぞ？」

隣に座っていた職人がしれっとそんなことを言う。

「俺のイメージ崩すようなことを言わないでよ」

「相変わらずかっこつけだな。ほれ、俺にももう一杯」

カップを差し出すと、ヨハンはしょうがないな、とコーヒーを注ぐ。

「エミル、楽しいですか?」

二杯目のコーヒーをエミルのカップに注ぎながらヨハンが聞いてくる。

「楽しいです。皆さんいい人で、うちの工房と似てます」

ここの雰囲気はウルヴェーウスの工房を思い出す。一緒に働いている気心の知れた職人たちも年配で優しい人たちなのだ。

「オーレの人柄がいいからだね」

「はい」

自分の唯一の家族であるオーレのことをそう言ってもらえて嬉しい。エミルの自慢の家族だ。

「今度、オーレと一緒にディナーに招待しよう。俺の手料理も食べてもらいたいしね」

「はい! 是非!」

ヨハンの誘いに、エミルは嬉しくてさらに大きな声で返事をしてしまい、職人たちに「若いなー」と笑われてしまったのだった。

その後はルーカスを山小屋の工房に残し、二人で城に戻った。

「夕飯までにはルーカスもこちらに戻ってくるから、それまではゆっくりしてて」

そう案内されたゲストルームに、エミルはまた開いた口が塞がらない。

「すご……」

準備されていた部屋はまるでホテルのスイートルームのようだった。伝統的な絨毯《じゅうたん》に、天蓋《てんがい》付きのベッド。それにロングのソファはバロック様式だろうか。装飾に渦巻き模様が入っていて、中世のお姫様が座っていそうなやつだ。

「荷物はクローゼットに置いてあるから」

部屋に入り辺りを見回していると、壁にある重厚な額縁に飾られた絵に目がとまった。

「……狼」

森の中を狼と連れ添い歩く人の絵。

「この辺りは昔から狼の生息地だからね。この城の守り神でもあるんだよ」

絵を眺めているエミルの横にヨハンが並ぶ。木々に雪が積もる中、コートを着た貴族とその傍らを歩いている狼の絵。貴族はモーアン一族の当主なのだろう。

「昔から、モーアンはこの地域を統治していた。モーアン一族は戦闘に強い一族だったんだ。だから争いでも負けることはなかったみたいだけど、モーアン一族は領土を広げることは考えず、この土地を守ることに徹したらしい」

ヨハンがこの城の歴史を教えてくれる。

「この土地の人たちと、そして神と崇《あが》めていた狼たちを守るために」

冬の風景なのに暖かさを感じるのは、描かれている人と狼の間に信頼関係が垣間《かいま》見えるからだろうか。狼を気遣いながら歩く姿と、その人を見上げ寄り添う狼。

「……いいな……」

愛し合っているように見えて思わずそんな言葉が漏れてしまった。

「この絵、気に入ったの？」

「そう、ですね……」

気に入ったというよりも、羨ましいと思った。自分もこんなふうに誰かと愛し愛されたい。そういう気持ちを持たせてくれる絵は、素晴らしいものだと思う。

「この絵は俺も好きな一枚だから、エミルが気に入ってくれて嬉しいよ。これを見ていると、人間と動物もわかり合えるんだなって思えるよね」

自分にも、そんな相手が見つかるだろうか。この絵を見ていると、少しだけ希望が湧いてくる。

食い入るようにその狼の絵を見ていると、ヨハンが声をかけてくる。

「そんなに狼に興味があるの？　なら夕食まで、城にある狼にまつわるものを見にいくか

い？」

「ほんとですか？」

ありがとうございます、と二つ返事で答えると、「ではツアーに行こうか」とヨハンに城を案内してもらえることになった。

城の至る所に狼のモチーフが彫り込まれていた。紋章にも狼のモチーフが使われていて、モーアンにとって狼がとても大切な生き物なのだというのが伝わってくる。

見晴らしのいい廊下からは、湖畔とその向こうに森と山がそびえているのが見える。

「狼は音に敏感だから、あまり人里には降りてこないんだけど、この湖にはよく姿を見せるんだ。運が良かったら、滞在中に現れるかもよ」

「だと、いいな……」

自由に走り回る狼たちは、どこにいるのだろうか。人目も気にせず走り回る自分を想像して、グッと胸からこみ上げる欲望を抑える。自然の匂いを感じながら、風を切る。きっと想像しているより気持ちがいいだろう。思わず変化したくなる衝動に、狼の血が流れているのだと痛感する。

景色を眺めていると、ヨハンがまた口を開いた。

「モーアン一族の人狼の始祖は不老不死だと言い伝えられていてね、今でもまだこの森に住んでいるとされているんだ。だから他の人間たちを入らせないために、モーアンはこの森を守ってる」

ヨハンの言葉に、エミルは驚きのあまり振り向いた。

――人狼伝説。

どこにでもあるおとぎ話。言い伝え。

モーアンに伝わるそれも、ただの言い伝えなのだろうか。もしかしたら、エミルの中に流れている狼の血のルーツが分かるかもしれない。

「人狼の話も好きなのかい？」

そう言ったヨハンの目が何を思っているか分からなかった。なにか探られているように感じて聞きたいと思ったけれど、そんなヨハンに気圧《けお》されてエミルはそれ以上踏み込むことができなかった。けれどモーアンに人狼との関わりがあると分かり、自分を知る足がかりになるかもしれないと思った。

「ヨーロッパには多いですよね、人狼伝説みたいな話」

「そうだね、ここにも伝わっていてそれを守ってきている一族もいるってことだね」

さっきの探るような瞳は、もしかしたらエミルがただの興味本位で聞きたがっていると思ったから、怒ったのだろうか。

「すごいことだと思います」

ずっとその言い伝えを守ってきたのだ。なにかを守り続けることが大変なのは、職人も同じだ。だからその大切さはよく分かっているつもりだった。

「そうだね、すごいよね。俺もすごいと思ってる……ただ、俺はずっとルーカスを見てきてるから、一族の掟《おきて》から逃れさせてやりたいなって思ってるんだ」

森の方を見つめたままヨハンが呟いた。

「あ、よけいなこと言っちゃった。今のは聞かなかったことにして」

子供の頃からルーカスとともにいたからこその、彼の本音なのだろう。

「エミルには、つい本音で話しちゃうのはなんでだろうね」

「俺でよければ話くらいいつでも聞きますよ」

ヨハンの言葉が嬉しくて、エミルもいつか彼に本当のことを話せたらいいのに、と思ったのだった。


「ディナーは、フォーマルで来てね」

ヨハンに城を案内されたあと、部屋に戻る間際にそう言われた。

ディナーの際にスーツに着替えるなんて、今までしたことがなかったからどれだけ緊張したことか。けれどそれも杞憂《きゆう》に終わった。だだっ広いダイニングルームの長いテーブルでの食事を想像してしまっていたが、こぢんまりとした楕円のテーブル（とはいってもそれなりに広かった）で、ルーカスとヨハンと三人の食事だった。ルーカスとヨハンの話はどれも面白く、エミルを楽しませてくれた。経験したことのない場所や、仕事であった面白い話などを聞かせてくれた。それに美味しい料理にあわせたお酒で、かなり杯《さかずき》を重ねたエミルは気分よく眠ってしまった。

（やっちゃった……‼）

翌朝、目を覚ましたエミルはふかふかのベッドの上で、顔を覆う。昨日はもてなされ、すっかりヨハンのペースに巻き込まれ楽しんでしまった。

（靴の合わせ、したかったのに……）

ベッドの上で反省会を開いていると、コンコンとドアをノックする音が聞こえてきた。

「エミル様、おはようございます」

執事のヤンが起こしに来たようだ。エミルは慌ててローブを羽織り、ドアを開けると顔だけ覗かせる。

「おはようございます……今、起きました」

正直に言うと「おはようございます」と笑顔が返ってくる。

「朝食は八時にご用意致します。ファミリールームでルーカス様がヨハンとともにお待ちしているそうです」

「分かりました……あの！」

ではのちほど、と去って行こうとする執事を思わず引き留める。

「いかがなさいましたか？」

「あの……こんなこと、聞いてもいいか分からないんですが……服装ってスーツじゃなくてもいいですか？」

昨日のディナーは正装でと言われていた。朝食もキッチリした格好をしないといけないのか、エミルには判断できない。

「普段着で大丈夫でございますよ」

執事の返答にホッと胸を撫で下ろし「ありがとうございます」と返事をすると、エミルは急いでバスルームへ向かい、身支度を整えた。

身構えすぎていた自分とは異なり、ルーカスもヨハンもカジュアルな服を着ていてホッとした。天気がよさそうなのでテラスで食べようと言い始めたルーカスに、ヨハンは面倒くさそうな顔をしながらもその希望を叶《かな》える。

「エミルもテラスでいいかい？」

「もちろんです」

わがままですまないね、とヨハンが謝ってくる。それが少しだけエミルの気持ちをもやつかせた。けれどそれも美味しい朝食が帳消しにしてくれた。

少しずつ明るくなっていく風景を見ながら、テラスで焼きたてのパンやふわふわのスクランブルエッグ、それにベーコンやハムにチーズなどを一緒に食べる。淹れたてのコーヒーは苦みもあるがさっぱりとしていて、パンによく合っていた。

「美味しすぎて……朝から食べ過ぎちゃいましたよ……」

満腹、とお腹をさするエミルに、「まだまだ若いね」とヨハンが笑う。食後のコーヒーも飲み終わりそうになったころ、エミルはヨハンに声をかけた。

「あの、昨日は色々と案内してもらいありがとうございました。夜もお酒が入ってしまってなにもできず、すみませんでした。今日、この後、靴の合わせをしたいのですがお時間いかがですか？」

エミルの提案にヨハンが少し困ったように笑う。その表情になにか悪いことでも言ってしまっただろうかと不安になった。

「今回は仕事抜きで、友人として招待したんだよ？　だから仕事はなし。なのでフィッティングは市内に戻ってから、またモーアンの事務所でやりましょう」

ヨハンの言葉にルーカスも頷く。

「そうそう。今度はうちの事務所にオーレと二人で合わせに来てよ。俺のもそろそろフィッティングだって聞いてるし」

そう言ってくれるけれど、オーレと自分は違う。まだ半人前でオーレよりも手も遅い。少しでも多く手をかけたいのだ。だからエミルはもう一度お願いする。

「少しだけでもいいので、合わせてもらえますか？　俺のためだと思って……お願いします！」

そう言って頭を下げると、「しょうがないな。いいよ」と優しい声が返ってきた。

「ありがとうございます！」

まだ型が思うように出来上がっていないので、合わせておかないと不安だったのだ。やらせてもらえてよかったとホッとする。

「エミルの気持ちはよく分かる……俺も、気になる仕事があったらやりたくなっちゃうもんなぁ……」

そんなルーカスを見てきたから、ヨハンもいいと言ってくれたのだろう。

「よし、じゃあ、早く合わせて、今日は狼が出るスポットに行こう。日が暮れる前にはここを出るからね」

「はい」

今回は一泊の予定なので今日はもう帰らなければいけない。それにオーレもきっと待ってくれている。

「じゃあ、お先に失礼するよルーカス。お前はどうする？」

ヨハンが立ち上がったので、エミルもそれに続く。ルーカスはヨハンの問いに「工房にいるよ」と答え、ひらひらと大きな手を振った。エミルは座ったままの彼に軽く頭を下げ、ヨハンの後を追ったのだった。

エミルは仕事用の荷物を持ってヨハンの部屋へ向かった。彼の部屋はエミルの泊まった部屋より一階上にあった。

「お邪魔します……」

「どうぞ」

招き入れられたその部屋の内装は、所々彼の手が加わっているのが分かった。

一番は、椅子だ。ルーカスの作ったものだとひと目で分かるモダンな椅子があり、カーペットもそれに合わせたシンプルなものを敷いている。ワークデスクにはパソコンが設置されていて、ここでも仕事をしている時間が長いのかもしれないと思った。

そして彼が頻繁にここに来ているんだろうなというのが分かったのが、匂いだ。部屋中に彼の匂いが充満している。

そんな彼の匂いが心地いいのは、なぜなのだろうか。

(この人は……俺にとって特別なのかもしれない……)

その答えは、まだハッキリと自覚できていない。分からないふりをしているだけかもしれない。自分には秘密がある。それがエミルの心にストップをかけている。

けれどヨハンは昨日言ってくれた。

――私とはその距離をなくせるようにしましょう、と。

だからなのか、彼の匂いは他の人とは違う。他人の匂いは好きではなかった。それなのにヨハンのものはもっとその匂いに包まれたいと思うほど、甘美なものになっている。

「エミルは真面目《まじめ》だな」

持ってきた荷物を広げ、準備をしているとヨハンにそう言われる。真面目というより。

「自信が、まだないだけです。不安だから何度も合わせたくなってしまうんだと思います。これでいいのか、答え合わせをしたい、というか……」

エミルに靴をオーダーしてくれたヨハンに、失望されたくないという気持ちも強かった。

「うん、それもよく分かる。怖いよね、失敗することは」

「ええ……怖いです。お客様を失望させたくないですし、やっぱり喜んでもらいたいから」

エミルの話を聞きながらヨハンが椅子に腰掛ける。目の前に座られて、ドキリとした。跪いているエミルが彼を見上げた途端、カチリと音が鳴るように目が合った。ほんの数秒の視線の合致は、エミルの体の奥を熱くするものだった。

（なんだ、これ……）

体の変調をわずかに感じて、エミルはうろたえた。

「靴脱いだ方がいいよね」

ヨハンの言葉でハッと我に返る。

「そう、ですね……できれば……」

靴を脱ぐために前屈《まえかが》みになったヨハンの顔が、すぐそこにある。

溢《あふ》れてくるヨハンの甘い香りが、たまらなくエミルの体の熱を沸き上がらせる。

胸がドキドキして、息が荒くなるのを堪える。少し伏せた睫毛《まつげ》が陽《ひ》の光を反射させ輝いて見える。スッと通った鼻筋から目が離せなくなった。もっと見ていたい。その気持ちをグッと我慢して、ヨハンの透き通りそうなほど白い足に触れる。

平静を装って用意してきた型紙と荒削りの木型を、本人の足と照らし合わせてみた。

「この辺……もう少し余裕があった方がよさそうですね……」

型紙にミリ単位の印を付けていく。どこにも負荷のかからない靴を作りたい。ヨハンに気に入ってもらいたい。

そんなエミルにヨハンが言う。

「完成が楽しみだよ」

その言葉に顔を上げると、椅子に座ったヨハンが微笑んでいた。その瞬間だった。

(ダメだっ……匂いが、強いっ……)

ヨハンの匂いをさらに濃厚に感じ、鼓動が激しくなっていく。発汗もひどくなり、服を脱ぎたくなるくらい体が熱かった。

「な、なんか、ちょっと暖かくなってきましたね……」

すでに暖房がなければ寒い季節になっているため、ヨハンの部屋ももちろん暖炉が焚《た》かれていた。そのせいだと思いたい。

額《ひたい》から一筋、汗が流れ落ちる。ハッ、と思わず荒い息を吐き出すと、エミルはどうにか立ち上がろうとしたけれど、座っているヨハンの方によろけてしまう。

「危ないっ」

とっさにヨハンの長い腕が支えてくれた。その力が思いの外強く、彼が綺麗なだけではなく、逞《たくま》しさも兼ね備えているのを思い知る。

「大丈夫？」

間近に、ヨハンの顔があった。さらに強く感じる甘い匂いに、危機感を覚える。

（これはヤバいやつっ……）

ずっとコントロールできているはずだったのに。

「す、みませんっ、離してっ……ください っ」

支えられている腕から逃れようと、押しのけようとするけれど、力が上手《うま》く入らない。

「エミル？　汗すごいよ？」

呼吸も速くなっていくエミルに、心配そうに声をかけてくれるけれど、もうそれすら遠くに聞こえる。

「離してっ……」

そう言ってエミルはヨハンを振り切って、もつれる足をどうにか動かしドアに向かう。けれど、部屋を出る前にヨハンに腕を摑《つか》まれ引き戻されてしまった。

（だめだ。近くにいると、匂いが……）

もっとこの甘い匂いを嗅いでいたい。本能がそう告げている。けれどこのまま本能に従ってしまったら、自分の秘密をヨハンに知られてしまうかもしれない。

人狼だという秘密を。

「ヨハン、さんっ……」

「そんなに具合が悪そうなのに、放っておけるわけないだろ？」

ぐいっと胸に抱かれ、その強い匂いにもうダメだ、と力を抜いた。エミルの発汗して熱を持つ体を抱きしめたヨハンが言った。

「欲情……いや、発情、してる？」

その言葉に、思わず顔を上げると、優しく微笑んでいるヨハンがいた。

大丈夫、と背中をそっと撫でられて、エミルはなぜ？　という疑問を考える余裕もないまま、その抗えない本能を解放してしまう。

「あ、ああっ……」

熱く体の中から血が沸き上がる。縋《すが》りつくようにヨハンの服を強く握った。首元をさらし体をのけぞらせる。それと同時にケモノの耳に毛足の長い尻尾が現れた。

力が抜けてずるりとその場にしゃがみ込んでしまったエミルに、ヨハンも視線を合わせてきた。そしてそっとそのケモノの耳の後ろを撫でてくる。

「これは本当に、発情？」

そう問われ、エミルは首を横に振った。これが発情なのかどうなのか、分からない。エミルはまだ発情を経験したことがないのだ。

満月の時に、今のように本能に抗えなくて変化してしまうことはある。けれど発情までに至らず、未だにどんなものか知らずにいた。

満月でもないのに、今こうして変化してしまったのは一体どうしてなのだろうか。

「俺は君の秘密を知っている」

なにを、と問いただしたかった。秘密も発情も知っているというのは、どういうことなのだろうか。

発情のことはオーレから少し聞いたことがあった。人狼は無条件に発情してしまうタイミングがあるのだという。その一つが満月の時。それともう一つは、運命の番《つがい》に出会ったときなのだという。もちろん繁殖のための発情は当たり前にあるが、それとはまた違うものらしいというのだけは聞いていた。

自分はそんな発情とは無縁だと思っていたのに。

（これが、発情、なのか……？）

抗えないなにかに突き動かされている気がする。それはエミルがヨハンを特別だと思った瞬間から始まった。

体の熱が、収まらない。自分の中心に力が宿っていくのを感じていた。

（怖いっ……）

自分がどうなってしまうのか分からない。性的欲求がほぼなかったエミルは未成熟もいいところだ。この熱はどうすれば冷めるのか、分からない。無意識にヨハンに縋りついた。

「発情、なんて……来ないと思ってたのに……」

思わずそう呟いて、エミルはぼろぼろと涙を零す。むしろ来ない方がよかった。それは自分が人間ではなく人狼だと、人とは違うのだと突きつけられたようだった。

小さく震えるエミルを宥《なだ》めるようにヨハンが言う。

「大丈夫、怖がらなくていいから。力を抜いて……」

優しい声が敏感に反応するケモノの耳に大きく響く。それがまたエミルの体温を上げていく。背中を撫でられ、思わず吐息が漏れた。

「あっ、……」

冬毛の尻尾がふさりと揺れる。ヨハンの手がその尾の付け根まで擦《こす》るから、エミルはたまらずしがみつくことしかできなかった。

「な、んでっ……こんな……」

ことするんですか、と聞きたくても、頭がボーッとして上手く言葉が出てこない。

なによりも、知っていると言っていたヨハンは、臆することなく耳や尻尾を触ってくる。

「ふっ……ん、……」

「我慢、しなくていいよ」

そう言って、ケモノの耳に軽く口づけた。そして「可愛い」と囁《ささや》かれると、体が痺《しび》れてたまらなくなった。

(本当に、知ってたんだ……どうして？)

考えなければいけないことはたくさんあるのに、体の疼《うず》きに思考を遮られてしまう。

(城に、狼のものがあるのは……やっぱり関係が、あるからなの？)

視界がぼやけている。顔を上げると、唇が触れそうな距離にヨハンの端整な顔立ちがあった。薄く形の整った唇に、吸い寄せられていく。軽く触れたら、もうダメだった。

ヨハンの匂いがブワッと放散されたように、エミルを襲ってくる。

「ヨハン、さっ、んっ……」

懇願する声が、ヨハンの唇に吸い取られていく。耳を撫でられながら、唇を奪われた。上唇を食《は》まれ、舌が歯列の隙間に入り込んでくる。ヨハンのキスは想像していたよりも熱く、エミルの体をおかしくしていく。

「ふっ、んっ……ヨ、ハンさ、っ……」

発情とキスで、エミルの中心が硬く膨れあがっていく。腰が揺れる度に尻尾も揺れてしまうのが、恥ずかしいけれど止められない。

床に下りたヨハンの膝の上に抱きかかえられ、座らされた。

「ヨハン、さんっ……あのっ……」

「いいから今は黙って。ね？」

モデルよりも格好いい容姿でそう微笑まれ、またエミルの体の奥がずん、と重たくなった。もう中心が硬くなり首をもたげていることは、ズボンを押し上げてしまっているから隠しようがなかった。

後頭部を引き寄せられ、また唇を塞がれた。今度はエミルも彼の首にしがみつき、抱き合う形で貪《むさぼ》りあった。どうしてエミルにこんなにしてくれるのか、今は考えたくない。ただ気持ちよさだけを感じていたかった。

いつの間にかヨハンの手が、エミルのズボンの前を寛《くつろ》がせていた。すり、と硬く勃《た》ち上がるそれをなぞられて、思わず「んっ」と息を詰めた。

「気持ちいい？　発情は、君たちの本能だから気にしなくていいんだよ」

もっと気持ちよくなっていいよ、と囁かれ、その言葉にハッとなる。

（本能かもしれないけど……それだけじゃ、ない……）

首を横に振るけれど、ヨハンはなにも言わせてくれない。硬くなる中心を、器用な指が巧みに擦り上げてくるから、エミルはキスの合間に甘い吐息を漏らす。

（違うのに……俺は、ヨハンさんのことが——好きなのに……）

そうだ。エミルはヨハンが好きなのだ。これは、たぶん恋だ。だからこうして体も反応してしまうのだ。それは人狼だからとかではなく、自然な体の反応のはずだ。

「俺、っ……ヨハンさん、が……」

好きなんですと言いたかったのに、彼の言葉で遮られてしまう。

「うん、そのまま気持ちよくなってていいよ」

そう言ってヨハンが頭を引き寄せてエミルの耳を舐《な》めるから、高い声が出てしまう。

「ああっ、耳、だめっ……そんなこと、された、ことないから、やめてっ……」

ケモノの耳を何度も食まれ、中も舐められる。その水音が頭に直接響き、体が揺れてしまうのを抑えられなくなっていく。

「擦りつけてくるの、可愛いね……」

もう、この熱をどうにかして欲しい。体の奥が疼くような気がして、自分じゃないみたいだった。こんな感覚は初めてで、どうしたらいいのか分からない。

「これ、一緒に握ってごらん」

そう言われたのは、ヨハンの形のいい性器だった。かあ、と顔が赤くなっていくのが自分

でも分かる。他人のものを性的な場面で見るのは初めてで、羞恥《しゅうち》すら快楽のスパイスになってしまう。手を導かれ自分のものと彼の熱く太いそれを握らされる。

「動かすよ」

重ねられた手が、ゆっくりと上下する。エミルが促されるまま動かすと、次第に速さを増していく。重ねられた部分から熱を感じる。少し湿ったそれに快楽を得ているのは自分だけではないと分かると、嬉しくなった。

「あ、……んっ、そこ、ばっか、り……しないでっ……」

「気持ちいいね……」

恍惚《こうこつ》とした声でそう言われたら、エミルの尻尾の奥がズンと重たくなってしまう。尖端《せんたん》を指で擦られながら、もう片方の手で二本のそれを擦り上げる。

溢れ出した蜜がぬちくちゅ、と音を立てた、ヨハンの細く長い指と自分の少しざらついた指が、中心を何度も擦り上げて、いやらしい音を鳴らしていく。

「あ、あ、あっ……ヨハン、さんっ……それ、だめっです、……」

快感がせり上がってくる。たまらずに何度も首を横に振ってそれを逃そうとしたけれど、どこにも逃げ場などなかった。

「ダメ、じゃなくて気持ちいいでしょ？」

そう言ったヨハンがさらに扱《しご》くのを速めるから、エミルは荒い息を零すことしかできない。

「エミル、可愛い。もっと見せて……」

「ヨハン、さん……」

唇が重なり合って夢中になって貪った。何度も強く中心を擦り上げられて、エミルはたまらずその手の中に精液を吐き出していく。耳が垂れ尻尾に力が入る。

「んんっ……ふ、んっ‼」

ビクビクと体を何度も揺らして、ヨハンにもたれかかった。


少しだけ意識を飛ばしていたエミルが、ヨハンの腕の中で正気を取り戻したときには、体の疼きも熱も消え去っていた。耳も尻尾も消え人間の体に戻っていた。

「気がついたみたいだね。大丈夫?」

「す、すみませんっ……」

汚れていた手や中心は綺麗に拭かれ整えられていたから、意識を失っている間に処理してくれたのだろう。そんなことをしてもらったこともいたたまれなかった。

(やっちゃった……ど、うしよう……)

誤魔化すことなどできない状況に、エミルはどうしたらいいか分からない。

「あ、あのっ……」

顔を上げると、ヨハンは少しだけ困ったような表情をしている。

「まいったな……」

一度だけギュッと引き寄せられた。その後肩を押し返され距離を取られた。それが心の距離でもあるように思えて、胸の奥がしくりと痛んだ。

「ヨハンさん……あのっ、俺の体のこと……」

聞きたいことは山ほどある。自分の秘密のことをなぜ知っていたのか。それにどうしてこんなことまでしてくれたのか、エミルと少しは同じ気持ちだったのでは、と期待してもいいだろうか。

「エミル、君の体のことは、これからルーカスを呼んで話します。それと……」

今までの表情は消え、硬いものへと変わっていく。

「さっきのことは、なかったことにしましょう。お互いその方がいいと思います」

急に突き放されて、エミルは戸惑うしかない。

「な、んでですか……」

「それもこれから全部ルーカスが来てからお話しします。体に変化が起きてしまったことについては……誤魔化せるかはわかりませんが、この城に来て急に変化が出てきたということにしておきましょう」

エミルは話についていけない。

「俺はっ……気づいたから……俺がどうしてこんなことになったのか。理由が分かったんです」

ヨハンと一緒にいて胸が苦しくなるような嬉しさの意味を、自分なりに理解した。それを伝えたら、彼も分かってくれるんじゃないかと思っていた。

「俺は、ヨハンさんが」

その先をヨハンの手で阻まれてしまう。

「それ以上は、言わないでくれ」

さっきまでの甘い雰囲気は、幻だったのかと思うほど、ヨハンがエミルを拒絶している気がした。まるでさっきのことは間違いだったと言われているようで、胸が痛くなる。

「どう、して……」

やっと分かったエミルの気持ちを、拒むようにヨハンがもう一度言う。

「言っては、いけない」

硬い表情の中に含まれている苦しみのようなものが見えた。後悔しているような、そんな悲しい顔をされてしまったら、自己満足のためだけには言えないと思ってしまった。

「ルーカスと話しましょう。工房から戻ってきてもらいます」

ヨハンは立ち上がってエミルに手を差し出した。さっきまで熱いほどだった手は、冷たくなっていた。ヨハンはエミルを立ち上がらせると、そのままドアの方へ向かって行ってしまう。その後ろ姿が振り向きもしないことに、胸が痛くなる。

「……ヨハンさんが、好きになのに……」

小さく呟いた声は、広い部屋の中ではヨハンの耳に届くはずもなかった。


ルーカスが戻ってきたと連絡があり、彼の部屋に向かう。城の最上階、一番奥の主寝室がルーカスの部屋になっている。そこが最もこの城の中で敵に攻め込まれにくい場所で、歴代の当主が使ってきた部屋だという。ヨハンがノックすると「どうぞ」とルーカスの声が聞こえてきた。

重厚な扉を開けると、ルーカスはデスクの前に座ってパソコンに向かっていた。ルーカスの部屋はヨハンの部屋の倍以上の広さがあるだろうか。雰囲気が温かく近代的なのは、家具が全てルーカスの作ったもので統一されているからだろう。

「悪いな、ルーカス。彼にちゃんと話したほうがよさそうだ」

ヨハンがそう言うと、ルーカスは「そっか」と立ち上がりこちらに向かってくる。

「なんかあったってことか……けど、オーレがいないところで話していいのか?」

「そこも一任されてる。たぶんオーレは自分には言う資格がないと思ってるのかもしれないな」

二人がこれから話すことが、自分にとってとても重大だということだけは感じ取れる。そして、その事実をオーレが知っているということも、分かった。

「エミル、こっちにきて座ってくれ。俺たちのことについて話そうと思う」

「……はい」

座るように促されエミルは大人しく一人用のソファーに腰かけた。ルーカスが正面に座ると、ヨハンはそのはす向かいに腰を下ろした。

「で？　どこまで話したの？」

ルーカスがヨハンにそう問うと、「まだなにも」と答えた。それに対してルーカスが怪訝《けげん》な顔をしていた。

「お前にしては珍しく後手後手だな」

「俺は、秘密を知っているだけで当事者じゃないからな」

だから俺の口から話すべきじゃないと思っただけだ、とヨハンは視線を誰に向けるわけでもなく、そう答える。

「俺はお前のことを信じてるから、話してくれてもよかったのに」

ルーカスはいつもと変わらぬ口調で、さしてたいしたことじゃないと言っているようだった。けれどヨハンは硬いままの表情で口を開く。

「エミルが、さっき発情らしきものを起こした。変化も、軽くした」

ヨハンの言葉に、楽観的なルーカスも眉を寄せた。

「そっか……まあ収まったのならよかった」

どうやって収めたのか、聞かれなくてよかったと内心でホッとする。そんな後ろめたい気持ちのエミルに、ルーカスが声をかけてくる。

「君の秘密を知っていることを、黙っていて悪かったね。もうなんとなく察しているかもしれないけど、俺も——人狼なんだよ」

エミルはこの城と狼が関係しているかもしれないと思っていたけれど、やはりそうだったのかという気持ちだった。そしてヨハンがエミルの変化に驚かなかった理由に納得した。彼は、見慣れていたのだ。

「君の中に流れる狼の血について話そう」

そう言って、ルーカスがモーアン一族の秘密について話し出した。


モーアン一族は、人狼の一族で昔からこの一帯の森を守ってきた。与えられたこの土地に他国の侵略を許さず、ずっと守ってきたのは民と人狼の血。

(だから狼に関係しているものがたくさんあるのか……)

狼を守り神として祀《まつ》ることで、自分たちの秘密をカモフラージュしている。森には野生の狼もたくさん生息していて生存できる土地を確保し続けてきた。

狼には自由な住処《すみか》を、人狼には血を受け継ぐための力と富を築き守り続けてきたが、それでもその血は薄れてきているため、変化できない者もたくさんいるらしい。より強い人狼の血を残すために、当主になるには完全体への変化、そしてその中でも一番大きな個体を持つものが選ばれるのだという。ルーカスは当主候補として、子供の頃にモーアン家に引き取られ養子となり、英才教育を受けてきたのだと話してくれた。

そんなルーカスの世話係としてモーアンの秘密を知る人間の一族、ソールバルグ家の息子であるヨハンが仕えることになったのだという。

「色々としがらみも多くてね。救いは昨日君も訪れた工房だった。当主になるにはあの森の奥にある、守り神に祈りを捧げることが習わしでね」

エミルには分からない苦労を彼はたくさんしてきたのだろう。その傍らには、いつもヨハンがいた、ということだ。

「守り神に祈りに行くのがめんどくさくて、いつも工房でサボってたんだよね」

「それに付き合わされていた俺の身になってくれよ」

ヨハンが呆れ顔で呟く。それに対して悪びれることなくルーカスは笑う。

そんな彼もその一族の掟に縛られて生きていた。それなのに彼は明るく前向きだ。

「俺が当主として子孫を残すことができず、番も見つけられなかったら、また別の者が選ばれモーアンを受け継いでいくんだろう。それはそれで、後継者に申し訳ないとは思うんだけどね」

と苦く笑う。

「それよりエミルは今の話を信じるかい？」

人狼という特殊な一族。信じるもなにも、自分がその血を受け継ぎ、同じように変化できる仲間がいるということが分かり、一人ではないのだという安堵《あんど》感の方が強かった。

「俺、完全体の狼に変化できてしまうんです。ルーカスさんの話は、自分の中で納得できるものでした」

そうまっすぐにルーカスを見て言うと、にこりと笑う。

「エミルはずっと仲間がいなかったから、辛《つら》い思いもしただろうと思う。君にちゃんと話ができたし、これからなにかあったときには頼ってくれていいからね」

「ありがとうございます」

その言葉は、心強かった。ヨハンは表情を変えず、エミルたちの話をただ聞いていた。

オーレも同じ血を引いているとは言っていた。けれど彼は変化はできず、ただ少し五感が強い程度で、人間とさほど変わらない。だからこそオーレには分からないこともたくさんあっただろうと思うし、その分困らせてしまったことも多かっただろう。

「あの……さっき言っていたオーレから一任されてるって……どういうことですか？」

そう問うと、ルーカスが眉を寄せる。

「オーレは、モーアン一族の人間だったんだ」

その声は硬くて、たぶん、いい話ではないのだろうと想像ができた。

オーレに辛い過去があったのは、なんとなく察していた。けれどオーレはいっさいそのことに関して口にしたことはない。ずっと一緒に暮らしてきた家族だから、分かったことだ。

「若い頃にいろいろあって、自分がモーアンの人間だと口言することを禁じられたらしい」

ルーカスが少し悲しそうに話す。

「俺も昔のことだから詳しくはよく知らないんだけど、オーレは当主の番だった人と恋に落ち、番を解消させてしまったことで一族から追い出された、としか聞いてないんだ」

それでも完全に縁が切れた訳でもなかった。その証拠に、今も城に出入りをしてオーダーメイドの靴を作り続けているのだ。

「そんなことがあってもオーレは一族から信頼されていたんだと思う。だって幼かった君を、オーレに託したのはモーアンなんだから」

初めて聞く自分の出自に、驚きを隠せなかった。

「物心つく前にオーレの元へ預けられたけど、君はこの城で暮らしていたんだよ」

覚えていない。けれど、この森や湖に惹《ひ》かれたのは、そのせいだったのかもしれない。

「エミルは、自分の両親のことを聞きたいかい？」

自分がどこから来て、どうしてオーレに引き取られることになったのか。ずっと孤児だと思って生きてきたから、両親について知りたいと強く思ったことはなかった。なによりオーレが自分を大切に育ててくれたから、それで十分だった。

「……正直、どっちでもいいです。俺の家族はじいちゃんだけなので」

そんなエミルの言葉に、今まで大人しかったヨハンが口を挟んできた。

「ちゃんと、話すべきだと俺は思う。ことが上手くいくかもしれないんだ。彼には全てを知っておいてもらった方が、俺は賢明だと思う」

ヨハンの言葉にルーカスは大きな溜息を吐いた。

「俺は、誰かを犠牲にするつもりはないんだけど」

「俺も！　お前を犠牲にしたくないんだよ！」

ルーカスの少し投げやりとも取れる言葉に、ヨハンが怒りを爆発させる。こんなに感情を露《あら》わにしている彼を見るのは初めてだ。それほど、ルーカスのことを大切に思っている証拠なのだろう。

ルーカスはそんなヨハンに手を伸ばし、肩を擦《さす》る。ヨハンは感情的になってしまったことに、頭を抑えていた。なぜ、二人の間にはこんなに張り詰めた空気が流れているのだろうか。

「エミル、君の出自の秘密と、今置かれている状況を話そうと思う」

そう言われて、エミルは自分がなにかに巻き込まれているのだと知る。

「俺とエミルは、本来ならば兄弟、ということになる」

「……え？」

ルーカスの言葉に驚きを隠せなかった。どういうことなのだろうか。

「とは言っても、血は繋がっていない。俺も十歳の時に養子に来たからね。モーアンの当主はさっきも話したように人狼の力の強い者を選ぶんだ。先代は……俺の義父に当たるんだけど、隠居してもらってこの城にはいないが力はとにかく強い人だった」

今も存命で、モーアンの所有する邸宅で暮らしているらしい。ルーカス曰《いわ》く、ちょっと人間的に難あり、という人だったようだ。力だけで当主に選んでしまったが故《ゆえ》に、会社の経営手腕は持ち合わせていなかった。しかも女癖が悪く、正妻がいたのにもかかわらず若い女性との間に生まれたのが、エミルだった。

「エミルの母親は、今はどこにいるか分からない。君を置いて出て行ってしまったんだ」

ルーカスはそのときすでに養子として選ばれていたが、別邸で暮らしていたらしい。城に来た時に赤ん坊のエミルを見かけたことがあったが、詳しい事は知らなかったと言う。

「義父はもともと愛情の深い人ではなかったから、彼女が出て行った後、子供には全く興味を持たなかったんだ。そこでオーレに面倒を任せることになったんだ」

どうしてオーレに白羽の矢が立ったのかは、ルーカスも理由は知らないらしい。ただこれだけは言える。エミルはオーレに引き取られて、とても幸せだったと。

自分の出生の事情は分かった。人狼一族モーアン家前当主の落とし胤《だね》と言われても、エミルにはなんの欲もない。自分にはもうオーレのように立派な靴職人になるという夢があるのだ。

「あの、俺、別にモーアンの財産とかに興味はないんで……」

そこが心配なのだろうかと思い、否定するとルーカスは首を横に振る。

「それは、オーレに全部任せてあるから、大丈夫だよ。君にはきちんと財産が分与されているから」

ルーカスが、なぜかヨハンの方を見た。するとヨハンが重たい口を開く。

「エミル、あなたはここに来て発情しましたよね？」

さっき起きたできごとを蒸し返されて、エミルは思わず顔を赤くする。なぜ今発情の話になるのだろうか。

「さっきも話しましたが、ルーカスは当主として色々な掟に縛られて生きています。その中でも、一番守らねばならないことがあるんです」

「その、掟ってなんなんですか？」

ヨハンがエミルをまっすぐに見つめてくる。その端整な容姿は感情をなくしたように冷たく見えた。どうして彼がそんな顔をするのだろうか。けれど理由はすぐに分かった。

「当主は三十歳の誕生日を迎えるまでに、番を探さなければならない。チャンスは今年を含め、あと二回。その儀式は、誕生日に番となる証明を行うこと。すなわち、発情しセックスをする、ということなんです」

愛し合っているという証明を、行わなければならないというのだ。

「ちょっと待ってください。俺の発情となにが関係あるんですか?」

エミルが発情したことが、どうしてルーカスの番のことと関係するのだろうか。理解できなくて思わず食いついてしまう。するとヨハンは続けて言った。

「あなたはこの城に来てルーカスに近づいたから、発情したんだと思います」

その言葉を聞いて、エミルは頭を鈍器で殴られたようにショックを受けた。

エミルに気持ちを言わせてくれなかったのはこのためだったのか。

(……違う、のに……)

「俺はっ……」

ヨハンのことが好きだと分かったから、だから発情したのに。

エミルが唇を嚙《か》みしめていると、ヨハンがさらにショックなことを言う。

「ずっと、あなたはルーカスの番候補でした。当主になる力はなかったけれど、完全体の変化ができる。だから監視させてもらっていました。オーレにもそのことは伝えてあります」

モーアンは、必ずしも当主の子供が跡を継ぐわけではない。そのため番は性別を問わないのだという。

「あなたとルーカスは実の兄弟ではない。それならば、番になることは可能ということです」

その言葉は、エミルの胸を突き刺していく。ヨハンにとって一番大切な人は、ルーカスなのだと知らしめていた。エミルはそれ以上なにも言えず、ただ目を伏せることしかできない。

「ヨハン、俺はそんなことに縛られたくないって言ってるだろ？」

ルーカスは笑ってそう言うけれど、ヨハンの表情は硬いままだ。

「猶予はもうないんだぞ？」

「そのときはそのときだよ」

諦めているのか覚悟を決めているのか分からないルーカスの言葉に、ヨハンは苦い顔をする。互いを想いあう気持ちに、エミルは入り込めない雰囲気を感じ取っていた。

【○○月×○日
なんだかすごく疲れた。今までの自分の世界が覆《くつがえ》される（大げさかな？）気がした。けど自分には仲間がいると分かって良かったと思う。ただ、ヨハンさんとはもうこれでおしまいなんだろうか。そんなのは、嫌だ。俺が好きなのは、ルーカスさんじゃなくてヨハンさんだとちゃんと伝えたい】

城から戻った翌日、エミルはオーレに「話があるんだけど」と持ちかけた。あまりの落胆ぶりにオーレはなにか察しているようで、「わかった」といつもと変わらぬ優しい笑みでそう言ってくれた。

ダイニングテーブルに二人で腰掛け、向かい合う。オーレが淹れてくれたコーヒーは、少しだけ苦く、けれど飲みやすい。ヨハンが淹れてくれたコーヒーはもっと深めの味だったなと、胸がきしりと痛んだ。ルーカスの工房での一時《ひととき》は、楽しかったのにと。そんなことを思い出していると、オーレが口を開いた。

「全部、聞いたか？」

「……うん」

「そうか……今まで話せずにいてすまなかった。私にはその権利が、なかったからな……」

モーアン一族から除外されたオーレには、秘密を勝手に話すことは許されていなかった。オーレはエミルが一人で城へ呼ばれた時点で、余計なことは言わないでほしい、という望みは叶わないと分かっていたらしい。

「本当なら、お前に仲間がいることを前提に、ちゃんとした教育もできたはずなのに、私が引き取ったばっかりに辛い思いをさせてしまった……」

そう言って謝るオーレに、エミルは何度も首を横に振る。なにをしたのかは知らないけれど、一族から離れたオーレの方が辛い思いをしてきたはずだ。それなのにオーレはエミルの心配ばかりしてくれる。

「俺は、じいちゃんに育ててもらえて幸せだよ。それに俺の夢はずっと変わらない」

ちゃんと立派な靴職人になること。オーレの店を継ぐこと。それがエミルの大きな夢。

「そうか……それならいい」

そう小さく呟いたオーレは、嬉しそうだった。

そして伝えなければいけないことがもう一つ。

「あのね、じいちゃん……俺、城で、発情しちゃったんだ……」

エミルの言葉にオーレが驚いた顔をする。

「なんだって？　それは、ルーカス様の番としてなのか？　私は、そんなものでお前を縛りつけたくなかったんだよ……」

オーレが悲しそうに頭を抱えている。オーレはエミルをルーカスの番候補からどうにか外せないか、色々と考えていたのだという。なにより、エミルには発情が訪れていなかった。それなら候補にはならないのではないかと、モーアンには伝えていたが、それは受け入れてもらえなかった。時期が来たら、ルーカスと会わせる。それは決定事項だったのだと言っていた。

「お前には、自由でいて欲しかったんだが……ルーカス様に会わせてしまったのが、発情を引き起こさせてしまったのか……」

と、悲しそうに言う。オーレはエミルの話を聞いて、ルーカスに対して発情したと思ったようだ。だからそれを否定する。

「違うんだ、オーレ」

「なにが、違うんだ？」

心配そうな表情でこちらを見るオーレに、エミルは昨日の発情のきっかけを恥ずかしさを押し殺して話す。

「俺……ヨハンさんに対して、発情しちゃって……」

「ヨハン様に？」

うん、と頷いてエミルは自分の気持ちと向き合う。ずっと自分が人とは違うことで、深い付き合いができなかったエミルが、ヨハンと出会ったときから、自然とその存在を受け入れていた。未熟なエミルに靴をオーダーしたいと言ってくれた。話していて楽しくて、ドキドキした。それはエミルが初めて知った恋する気持ち。

だから、発情したのだ。それなのに。

「ヨハンさんの匂いが甘くてたまらなくて……発情しちゃって、それを鎮めてくれたのもヨハンさんだったのに……」

それなのにそのあとすぐに、エミルを突き放した。エミルはルーカスの番候補だと、そのために城に呼んだのだと、そう言った。

「好きだって、言わせてもくれなかった……」

あの時言われたことは、好きになった人に、別の人を好きになれと言われたも同然だった。そんなの無理に決まっている。恋を自覚させたのはヨハンなのに、ひどすぎる。

悲しくて唇を噛みしめるエミルに、オーレが手を伸ばしてくる。

「お前は、恋を知ったんだな……」

皺《しわ》の増えた手でエミルの頭を撫でてくれる。それは昔から変わらず優しくて、思わず泣きたくなった。

「俺、ルーカスさんの番になりたいわけじゃないのに……発情しちゃったのも、城でルーカスさんの近くにいたからだって言われちゃって……そうじゃないのに訂正できなくて」

それはヨハンに「無かったことにしましょう」と言われてしまったからだ。

ルーカスを交えて話した後はヨハンと話すことはできず、なにも言えずに帰ってきてしまい、よけいに後悔が押し寄せてくる。

「お前には幸せになって欲しいんだ、エミル。だからお前が、納得できることをしなさい」

自分の人生は誰にも譲ってはいけないよ、とオーレがまっすぐにエミルを見て言う。それは少しの後悔と確たる信念が入り交じった言葉だった。

「お前は、どうしたい？」

「俺は、ヨハンさんにちゃんと自分の気持ちを伝えたい」

エミルが好きなのはヨハンなのだと、ちゃんと分かって欲しい。

「そうか、なら後悔しない方法をちゃんと選ぶんだよ」

エミルは強く頷いて、きちんと自分の気持ちを伝えようと、そう心に決めていた。


しばらくの間は、仕事に没頭しようと頑張ってみた。けれど作っているのはヨハンの靴で、結局彼のことを常に考えてしまっていた。

ヨハンに会いたい。あの綺麗な顔で屈託なく笑うのを見たい。自分といるとき、楽しそうだったのは嘘ではないはずだ。だからその事実だけを頼りにエミルはヨハンに会いに行こうと決めた。

ヨハンを諦めない。それだけは心に決めて。

それから数日後。ヨハンに直接連絡を入れた。正直、普通にメッセージを送っても返事が来るか分からない。それなら、何度も作り直している型紙を合わせたい、と連絡を入れた。

返事が来るまでの、ドキドキ感は半端なかった。仕事も上の空で、オーレに何度も怒られてしまったほどだ。その日の夜、メッセージが届いた。ヨハンは市内に戻ってきているので、また事務所に来てもらえたらと返事をくれたのだ。

ホッとしたのと同時に、少しだけ罪悪感を抱く。

仕事に対して真摯《しんし》なヨハンが、無視するはずはないと分かっていたからだ。

(俺はずるいな……)

靴のことを理由にすれば断らないと分かっていて、ヨハンに連絡をしたのだから。けれど靴を口実にしてまで会いたかったのだと、分かって欲しい。自分勝手だと思うけれど、ヨハンに会って確かめたかった。

本当にエミルをルーカスの番だと見極めるためだけに、優しくしてくれたのだろうか。

(俺は、番になんて、ならない……)

ルーカスのことは好きだけれど、人としてだ。恋愛の感情はない。けれどヨハンへの気持ちは恋慕だ。エミルが初めて知った人を好きになる気持ち。それを否定しないで欲しかった。たとえ失恋したとしても、この気持ちはエミルにとって大切なものなのだから。


翌日、エミルは以前来た事務所を訪れた。

(前と、同じように話してくれるかな……)

案内してくれるスタッフの後ろを歩きながら、何度も深呼吸をして自分を落ち着かせていた。

「社長、お連れしました」

「どうぞ」

エミルはこの前も招き入れられたヨハンのオフィスに通される。初めて来たときと何一つ変わっていないはずなのに、雰囲気がよそよそしく感じてしまうのは、自分が構えすぎているからだろうか。

デスクに座りモニタに向かっているヨハンは、こちらを見ることはなく「少し座って待っていてくれるかな?」と声をかけてきた。

「ちょっと仕事が立て込んでいてね」

そんなときに来てしまって申し訳ないと思いつつも、エミルは勧められたソファに腰かけた。

止めどなくヨハンがパソコンのキーボードを打つ音が部屋に響く。その間にも電話が数本かかってきていて、彼が母国語以外の言葉も流暢《りゅうちょう》に話せるのだと知る。

(本当に、すごい人なんだな……そういえば……日本に行っちゃうんだよな……)

そのために靴を新調するのだと、初めて会った時に言っていた。

真剣な表情をしているヨハンは、さらに精悍《せいかん》さが増して見える。エミルはそんな彼に胸が高鳴るのを止められない。

(やっぱり、俺が好きなのは、ヨハンさんだ)

そう思ったとき、あれ? と首を傾げた。この前と何かが違う。ここに来たときも、城にいたときも、彼のそばが心地よいと感じた理由があった。

（匂いが、しない……）

ヨハンのあの、甘い匂いが今日はなにも感じられない。

それは彼がエミルに好意をもう寄せていない証拠のようで、肺の奥がキュッとなり息が詰まりそうになる。そう気づいてしまったら胸の高鳴りは、ときめきから緊張へと変化していく。

（ヨハンさんは、俺が好きだって言っても、きっと……受け入れてくれない気がする）

あの匂いがしないことに、気弱になってしまう。好きな気持ちを受け入れてくれなくてもいいと、ただ伝えたい一心で来たんじゃないか、と自分を鼓舞した。

それに、エミルはオーレの希望通り、自由に生きていきたい。だから。

（人の運命を、勝手に決めて欲しくない）

エミルはルーカスのために城に行ったのではないし、人狼一族のために生きてきたわけでもない。

（俺は、俺の思うようにする）

そう心に言い聞かせて、エミルはヨハンの仕事が終わるのを待ち続けた。

どのくらい待っただろうか。長く感じたけれど、実際はさほど長い時間ではなかったかもしれない。それだけ緊張してしまっている。

「待たせたね」

やっと手を止めたヨハンが立ち上がり、こちらに向かってくる。

「お忙しいところ、時間取らせてしまってすみません」

じゃあ、合わせてもらおうかな、とヨハンはソファに座る。無駄話はしない、という雰囲気に、エミルは持ってきた制作途中の靴を彼の足に合わせた。

（やっぱり、匂わない……）

作った型紙のサンプルを足に合わせていく。

緊張しているせいで、少し手が震えてしまう。紙を切るためのナイフを持っているので、怪我《けが》などさせたら大変だ。

（落ち着け……）

自分に言い聞かせて、深呼吸をする。すると頭の上から小さな声が聞こえた。

「俺の足まで切らないでね」

冗談を含んだ声に、エミルは思わず顔を上げた。少し和らいだ表情をしているヨハンに、ホッとした途端だった。

ブワッと部屋中の空気が彼の匂いで一杯になる。

（ああ……そうか。この匂いは、俺の気持ちで作用してたのか……）

ヨハンから匂っているというより、エミルの感知する能力が高まるということだったのだ。

だから匂いを感じることもできたし、手の震えもいつの間にか止まっていた。全ては自分次第なのだ。ヨハンが一線を引いてしまっていると思い込んでいたのも自分。匂いを感じなくさせていたのも自分。人は自分次第で変われるし、変えることができるのだ。それなら、ヨハンの気持ちもきっと自分に向けることができるはずだ。

そう思った時には、もう言っていた。

「ヨハンさん……好き、です」

と。この前言わせてもらえなかった言葉を、エミルは口にする。今度は目を見て言う。

「俺は、あなたのことが好きです」

エミルの告白に、ヨハンは困ったように大きく溜息を吐く。わざと大きくしたのは、エミルに拒絶を伝えるためにしたのだろう。それでも怯《ひる》むつもりはもうなかった。

もう一度、告げようと口を開くと、ヨハンが言葉を重ねてきた

「この前、城で気を持たせるようなことをしてしまったのは謝るよ。君のことは恋人として受け入れるつもりはないよ」

ハッキリとした言葉。それはエミルがふられたということを意味している。それでもこの気持ちはエミルだけのものだ。

「それでも、いいんです。俺があなたのことを勝手に好きでいるだけですから」

エミルの言葉にヨハンは「ダメだ」と硬い口調で言う。

「好きでいられても、無駄だ」

「俺のこと、嫌いですか？」

エミルの問いにヨハンは眉を寄せる。どう答えればいいのか、考えあぐねているのだろう。エミルの答えは、もうなにを言われても同じなのに。

「……嫌いじゃない。だがなんと言われようが君の気持ちに応えることは、ない。諦めてくれ」

迷惑だと心の底から言ってくれればいいのに。それができないのはヨハンが優しいからだ。困って眉を寄せているそれは、どこか苦悶《くもん》しているようにも見える。エミルはヨハンを苦しめたいわけではないのだ。

「ごめんなさい。けどこの前みたいになにも言わせてもらえなくなる前に、どうしても伝えておきたかったから。それとこれからも俺の気持ちは変わらないです」

ただ、知っておいて欲しかった。人狼一族の掟を聞かされ、この先なにがあるか分からないけれど、それでもエミルの好きな人はヨハンなのだと、忘れないでいて欲しかった。

自分の中でヨハンへの気持ちは揺るがない。すると、また一段とヨハンの匂いが強く感じられた。この匂いをずっと感じている限り、エミルは自分の想いに自信が持てる。

それにヨハンを困らせたいわけじゃない。

「俺の気持ちは誰にも変えられないと知ってもらいたかったんです」

もう言わない、とも言わない。自分の気持ちは自分だけのものだ。ヨハンになんと言われようと、そこは譲れない。

「また、靴の合わせに来てもいいですか？」

今のエミルを彼に見てもらいたい。未熟でまだオーレの足元にも及ばないけれど、納得できる靴を渡したい。それがエミルのできる精一杯だから。

まっすぐにヨハンを見つめると、諦めたように小さく息を吐き「いいですよ」と背もたれに寄りかかり、エミルに足を差し出した。

少しだけヨハンの態度が軟化した気がするのは気のせいだろうか。

スタッフの人たちもエミルの顔を覚えてくれて、今では「いらっしゃい」なんて声をかけられてすんなり通してもらえるようになった。そのくらい、ヨハンに会いに来ているのだ。

ドアをノックすると「どうぞ」と返事があって、エミルは顔を覗かせる。

「今、平気ですか？　靴、ちょっと合わせたくて」

「いいよ、一区切りついたところだ」

ヨハンはデスクから離れると、ソファに座り直す。エミルは作りかけの靴を取り出して、いつもの定位置に座るヨハンの前に跪く。

靴作りの工程も進み、細かな合わせをする。

「かかと、高くないですか？　歩いたときに当たらないようにしたくて。けど浅いと脱げやすくなるから……」

「大丈夫そうかな」

そんなちょっとしたやりとりのために来ているエミルに、世間話をしてくれるようになった。それが嬉しい。他愛もないことに幸せを感じるなんて、今まで知らなかった。

「こんなに頻繁にフィッティングに来て、オーレになにか言われないの？」

靴を合わせに来ることもあれば、ちょっとしたお使いのついでに寄ることもある。本当はここまでしなくてもいいのだが、ここに来る理由が欲しかった。オーレもそんなエミルの気持ちを分かってくれている。だから目を瞑《つぶ》ってくれているのだ。

「……未熟者って言われました」

それは本当のことなので、ぐうの音も出なかった。エミルが作っている靴を見てオーレがまた落第点をつけて言ったのは、つい昨日のこと。だから今日もまたやってきたというわけだ。

「ははっ、オーレらしいね。それだけエミルに期待しているんでしょうね。頑張って俺にいい靴を作って」

「頑張ります」

少ししょげたように言えば、ヨハンが笑う。そんなやりとりに、胸をときめかせている自分がいた。

「そういえば、なにかいい匂いがするね」

ヨハンがクンクンと鼻を鳴らす。エミルは持ってきていた紙袋の存在を思い出した。

「あ、これ。じいちゃんからです」

オーレ手作りのパンを今日は持たされた。最近パン作りにハマってしまったオーレが、毎日のように作るので二人では食べきれないのだ。靴もさることながら、何でも作り始めたらとことん追求するのがオーレである。

『パン作りも奥が深い』

と言いながら毎日粉の配合を変え、なにかしら発酵させているのだ。

「美味しそうだね」

今日持ってきたのは、全粒粉のカンパーニュだ。田舎《いなか》風で外はカリッと、中はふっくら焼き上がっていて美味しいのをエミルは知っている。

「そのパンには、このバターを付けて食べてくれって言ってました」

「さすがオーレ、こだわるね」

と言いながらヨハンは笑っている。

(この笑顔が見られて、俺は嬉しいよ……ありがとうじいちゃん)

オーレのパンのおかげで久しぶりに屈託ない笑顔が見られた気がする。いつもどこか困ったように笑うのは分かっていたし、困らせている自覚は十分にあった。

「ちょうど昼時だし、一緒に食べよう」

コーヒーを淹れるよ、と言ってくれた。しかもヨハンから誘ってもらえたのが嬉しくて、エミルは喜びを抑えるのが大変だった。

座り心地のいいモーアンのソファに座っているエミルの前に、コーヒーカップが置かれた。ヨハンが用意してきたケトルでコーヒーを落としてくれたのだ。

「どうぞ。オーレのパンもちょうどいい大きさだね」

そう言ってローテーブルにパンの他に、軽い昼食を用意して持ってきてくれた。ミートボールにマッシュポテトがプレートにのせられていた。

ヨハンもエミルの向かいのソファに腰掛けると、まずはオーレの作ったパンをちぎって口に入れた。

「美味しいじゃないかオーレ」

そう言ってくれてエミルも嬉しい。ヨハンの反応が良かったのでエミルも食べ始めた。

食事をしながら色々な話をする。それはすごく楽しい時間になっている。

「オーレがパン作りにハマったせいで体重が増えてきちゃってるんですよ……。もうほんと困る……」

「まだ若いから平気でしょ？　俺はもうそろそろ気をつけないとダメだけど」

けど美味しいから食べ過ぎちゃうな、と笑うヨハンをやっぱり好きだと思う。

エミルは誰とも番になりたくない。なるならヨハンがいい。彼と過ごす時間が増えていくにつれ、想いが強くなっていく。

「俺は、どんなヨハンさんでも好きですよ」

困らせてしまうと分かっていても、会ったときは必ず伝えているエミルの気持ち。今日もさりげなく言葉にすると、ヨハンは苦笑する。

「君も懲《こ》りないね」

と軽くあしらいながらも、その表情は以前ほどの拒絶もない。

（俺の気持ちを少しずつ受け入れてくれてるのかな……）

そうだといいなと思いながら、ヨハンとの甘い時間を過ごした。


しばらくの間、平穏な日々が続いていた。ヨハンの所にも通いながら、関係を保っていて安心していたある日。オーレが工房に一通の封筒を持って入ってきた。

「エミル、こんなもんが届いてるぞ」

上質の紙の封筒はシーリングワックスで封がされ、紋章の印が押してあった。その紋章には見覚えがあった。狼のモチーフが組み込まれている、モーアン一族のものだ。

「俺に？」

オーレにではなく？　と宛先を見返しても、確かに自分の名前が書いてある。

ペーパーナイフで封を開ける。入っていたのはカードで、それはルーカスの誕生パーティ

の招待状だった。今月二十五日がルーカスの二十九歳の誕生日で出席を願うと書かれている。

後ろにいたオーレにも、カードの内容は見えたようだ。少し青ざめた表情になった。

「無理して行かなくていいんだぞ」

どうして呼ばれたのか、それはオーレにもエミルにも分かっている。ルーカスの番《つがい》候補だと、言われたのを忘れたわけではない。

なによりここで断って、オーレが今まで築き上げてきたモーアンとの関係を崩すわけにはいかないし、したくない。

「俺、行くよ」

そしてそのときにハッキリさせてくる。エミルが好きなのはヨハンであって、ルーカスの番にはなれないと、そう言おうと強く心に決める。

エミルの言葉にオーレが心配そうな顔をする。

「大丈夫だよ。ありがとうじいちゃん」

どうなるか分からない。エミルだってつい最近自分が当主の番候補だと知ったばかりだ。

そのせいで好きな人には冷たくされたけれど、自分にも諦《あきら》められないものがあるのだ。

「私はなにがあってもお前の味方だからね」

好きにおし、と言いながら、エミルの柔らかい髪を、皺《しわ》の増えた指でくしゃくしゃと撫《な》でたのだった。

【×○月○×日
明日はついにルーカスさんの誕生日。俺はどうなってしまうんだろう。けどヨハンさんへの気持ちだけは、変わらない。これだけは、譲れない】

ルーカスの誕生日当日。店の前にモーアンから迎えの車が到着した。黒塗りのピカピカの高級車に怖《お》じ気《け》づきそうだ。宿泊用の荷物を運転手に預ける。

（やっぱり、来てくれなかったな……）

心のどこかで期待していた。もしかしたらヨハンが来てくれるのではないだろうかと。ルーカスの誕生日なのだ。ヨハンが準備や招待客の対応に追われているだろう。落胆すると分かっているのにどうして期待してしまうのだろう。

「なにかあったらすぐに帰っておいで」

「うん、分かってる。大丈夫だよ、オーレ」

ありがとう、とハグをして勇気をもらう。エミルはルーカスにもヨハンにも伝えなければいけないことがある。自分の運命がどうなるのか、それを決めるのは自分なのだと言い聞かせて。

「いってきます」と手を上げると、運転手が開けて待ってくれている後部座席に乗り込んだ。

城に着くと、ヨハンの父でもあるヤンが入口で出迎えてくれた。

「エミル様、ようこそいらっしゃいました。早速でございますが、色々とこちらで準備させていただきましたのでご案内致します」

「今日はよろしくお願いします」

貴族のパーティーなんて参加したことがないし、どんなものを用意していけばいいのか分からないと、正直にヨハンに相談したところ、「こちらで揃《そろ》えておくから大丈夫」と言ってくれたので甘えることにしたのだ。

前回と同じ部屋に案内されると、ヤン執事の本領発揮と言わんばかりに「はじめましょうか」とにこりと笑って、エミルの支度を始めた。

風呂から出ると、使用人にいい匂《にお》いのローションを塗られた。肌がしっとりしてこんなに違うんだとビックリしたほどだ。それが終わると袖通しの滑《なめ》らかなワイシャツを着せられた。

「サイズは前もってお教えいただいていたので……ぴったりですね」

髪もサイドはワックスで押さえ、トップは少しボリュームを持たせるようにスタイリングしてくれた。

「男前でございますね、エミル様」

「いや……自分じゃこうはできないです……」

ありがとうございます、とお礼を言うと、ヤンはにこりと笑う。

「ヨハンから重々言われておりましたので」

ヨハンが直々《じきじき》に頼んでくれたのだと、その言葉で分かって嬉《うれ》しくなった。けれどその反面、ルーカスの番選びのためにあつらえたかと思うと複雑な心境だ。

「もうすぐ皆様お見えになると思いますので、そろそろ広間の方へどうぞ」

最後の仕上げにオーレがエミルのために作ってくれた靴を履く。それを履くとオーレが応援してくれているように感じ、自信を持てる気がした。

とは思ったものの、パーティーが始まるころにはその自信も消失していた。招待されている人々は皆、社交界という世界が当たり前に生きてきた人たちばかりで、自分がいかに場違いかを感じてしまう。しかも、知り合いなど一人もいない。ルーカスとヨハン以外、エミルに話せる相手などいるはずもなく、ただシャンデリアがきらめく広間の端っこで、乾杯のために渡されたグラスを持って立っていることしかできない。すでに心が負けそうになってしまっている。

ヤンから話を聞いた限りでは、今日はモーアンだけの集まりらしい。

（ここにいるのは、みんな人狼の血を引いている人たちなんだな……）

こんなにたくさんいるなんて、驚きだった。それならば、番候補は自分だけじゃなく、たくさんいるんじゃないかと思う。

広間の隅で手持ち無沙汰《ぶさた》で待っていると、周りがざわつき始めた。どうやら主役が登場したらしい。入口付近に人だかりができているのを、エミルは遠巻きに眺めていた。フォーマルを着こなしているルーカスはオーラが違う。高身長なこともあり風格も備わっている。その横に、ヨハンも立っていた。ルーカスとはまた違う雰囲気を纏《まと》い、気品に満ちあふれている。いつもはセットしていない髪がバックに上がっていて、さらに美しさを増していた。

（格好いいな……）

あんな格好いい人がいたら、誰だって目を奪われてしまう。女性たちに囲まれてしまい、ルーカスとヨハンは身動きが取れなくなっていた。

壁際に立って二人を見ていると、声をかけられた。

「あなた、お見かけしない顔ね」

黒いイブニングドレスの女性が話しかけてくる。ここはちゃんと挨拶をしておいた方がいいのだろうと思い、名乗ると「私はアンネよ。よろしく」と気さくに話してくれた。年も近く大学に通っているというアンネもまた、人狼なのだ。

その話をしてもいいのだろうか。みんな自分たちの血のことをどう思っているのだろうか。

アンネに、人狼の話題を出してみることにした。

「君は変化するの？」

彼女がなんて答えるか、ドキドキして返事を待つ。

「やっぱり番になりたかったら変化は必須よね。あなたも番候補？」

あたかも普通のことのように話すので、拍子抜けしてしまう。けれど話していいのだと思うと気が楽になったのも事実だ。

「も、ってことは君も？」

とりあえず話が聞きたくて、質問を質問で返すと、アンネは肩を竦《すく》めた。

「小さい頃は完全体に何度かなれたけど、もう今は無理なのよね～。私は当主の番なんて興味がないけど、お父様が当主の番にどうしてもしたいらしいの。夢見過ぎよね」

とりあえず招待状が来たから参加しただけ、とアンネは笑う。ここに来たけれど選ばれなかったと言えば、父親も納得できるだろうと言うのだ。

「あなたは変化できるの？」

そう問われ、彼女も答えてくれたのだから自分も答えなければと頷《うなず》いた。

「あら、すごいじゃない。完全体になれるなんて。けど残念ね、番にはなれても子孫は残せないなんて」

それは、そうだ。番にはなれたとしても子孫は残せない。人狼の血が弱ってきた一つの理由でもあるんだろうなとエミルは思う。

「本当に愛し合ってれば、それでいいのに……」

思わずそう呟《つぶや》いた。自分はまだ愛し愛されるという経験をしたことはないけれど、それが男女であれば子を成すし、そうでなくともなにかしら受け継がれるものがあるはずだ。

「あっ、ごめんなさい。それ拾ってくださる？」

エミルが物思いにふけっていると、アンネがハンカチーフを落としてしまったようで足元を指さした。エミルは持っていたグラスを零《こぼ》さないようにしながらそれを拾う。

「はい、どうぞ」

軽くはたきそれを渡すと、アンネはにこりと笑う。

「ありがとう」

そして、持っていたグラスを少し上げる。

「私たちの出会いに、乾杯しましょ？」

エミルはその出会いに特別なものは感じないけど、と内心で思いながらも、ここは合わせておこう、とグラスを同じように軽く持ち上げて口元に運んだ。

（……あれ？）

さっきと少しだけ味が違う。たぶん普通の人間ならば気づかない程度の変化だと思う。苦みが増したように感じるのは、シャンパンの気が抜けてしまったせいだろうか。確かめるためにもう一口飲んだけれど、感覚が麻痺《まひ》してよく分からなくなってしまった。グラスを眺めていると、アンネが「あら、あそこにルーカスがいるわ」と話を振ってくる。

「結局、パーティーに出席しても当主と話すことすらままならないわよね……それで番になんてなれるはずもないのよ」

アンネは、けど、と言いながらエミルに腕を回してきた。

「エミルと出会えたことはよかったって思えるわ」

よかったらあとで私の部屋に来ない？　と誘われてエミルはたじろいでしまう。

「えっ、と……俺は……」

どうしたら女性に恥をかかさず断れるだろうか。今までこんなふうに誘われたことがないから、なんて返したらいいか分からない。

「ご、ごめんなさい……俺、今、好きな人がいて……」

正直にそう言ってしまうと、アンネは目を輝かせ楽しそうに食いついてくる。

「あなたすごく真面目《まじめ》なのね。けど好きな人ってことは恋人じゃないのよね？　それとも恋人がいるのに番候補の集まるパーティーに来たの？　あなたそんなタイプじゃなさそうだから……前者よね」

まくし立てられて、素直に頷いてしまう。するとアンネは「あなた可愛いわね〜」とさらに腕にしがみついてくる。

「好きな人が恋人じゃないんだったら、なにも後ろめたいことはないんじゃない？　私の部屋、行きましょう」

ぐいぐいと押されエミルはたじろいだ。情熱的すぎると心の中で思いながらどうやったら諦めてくれるだろうか、と困ってしまう。

「私の力はそんなに強くないけれど、相性よさそうじゃない？」

ぐいっと腕に胸を当てられて、性欲を押しつけられているようだ。それにエミルは女性を恋愛対象にしていないし、今エミルが好きなのは、ヨハンだけだ。言い寄られても困るのだ。

「ごめんなさい、俺……」

好きな人としかしたくない、と言おうとしたときだった。

一気に体が熱くなり、汗が噴き出してきた。

（なんだ……？）

尾骨の奥が疼《うず》き始め、動悸《どうき》がして収まらない。

「いい匂い……これがあなたの匂いなのね……」

アンネがエミルの首筋に鼻を寄せてくる。スン、と匂いを嗅《か》がれて、その吐息すらもエミルの体を熱くする。

「な、んで……」

これは、発情だ。息が荒くなり、血が体の中心に集まっていく感覚を抑えられない。

「なんか、匂わないか？」

「いや、誰かのフレグランスなんじゃないか？」

エミルの匂いに気がついた人たちがいるようだった。見つかったらどうなるか分からない。そう思い、ふらつく体でどうにかその広間から出ようとした。

「あら、どこに行くの？」

アンネにぐいっと腕を引かれてしまい、彼女にもたれかかってしまった。女性の力にも抵抗できないほど、体に力が入らない。

「ほら、やっぱり私の部屋、行きましょう」

首を横に振るけれど、熱はどんどんひどくなり、首に絞めているボウタイが苦しい。

「独り占めする気ですか？　お嬢さん」

エミルの匂いに引き寄せられた男性が、アンネにそう声をかけてきた。

「ふふ、あら……あなたにならば味見くらいさせてあげてもいいけど……私のあとよ？」

淫《みだ》らな誘いを楽しそうに口にするアンネに、その男性も乗り気で「じっくり見せてもらってから味わいますよ」といやらしく囁《ささや》くのが聞こえた。

（冗談じゃない……）

頭では分かっているのに、体が言うことを聞いてくれない。何度か腕を振り払ったけれど、すぐに捕まえられてしまう。

「行きましょうか」

男性に腕を掴《つか》まれてしまい、逃げ場を失ったエミルは霞《かすみ》がかる視界の中にヨハンの姿を探した。彼ならきっと助けてくれる。そう思っていた。

「私に挨拶なしに、退出されてしまうんですか？」

そう声がしたあと、体を男から引き離され広い胸に閉じ込められた。

（やっぱり、助けてくれた……）

ほう、と大きく安堵《あんど》の溜息《ためいき》が出た。頬に当たる上質な生地を汚してはいけないと顔を上げた瞬間、自分が想像していた人ではないことが分かった。

「ルー、カスさん……」

エミルを助けてくれたのは、今日の主役であるルーカスだった。

「大丈夫？　エミル」

俺から離れないで、と小さく耳打ちされてエミルは頷いた。そのルーカスの囁きすら、体が疼く。小さく息を呑《の》んで我慢するけれど、体の熱は強くなるばかりだ。

「興奮剤……かな……」

ああ、だからさっきのシャンパンが苦く感じたのか、と自分の味覚は正しかったのだと悟る。

「なにを使ったのかな？　私の祝いの席だというのに」

今まで見たことがないほど強いオーラを放つルーカスに、彼が当主なのだと痛感させられる。誰も逆らえない強い支配。いつもはそれをあえて出さないようにしている彼は、やはりすごい人なのだ。

アンネは「私はなにも知らないわ」としらを切って、「気分が悪くなったわ」と出て行ってしまう。

エミルの体の熱は収まるどころか、苦しくなる一方だった。ボウタイも苦しいし、早く全てを脱いでしまいたい衝動に駆られる。

「あつ、い……」

縋《すが》るようにしてしまったエミルに、ルーカスが思案顔をする。

「ちょっと退出しよう」

「だい、じょうぶです……」

今日の主役の手を煩《わずら》わせてはいけない。エミルはどうにか自力で動こうとするけれど、足がもつれる。すると荷物のようにルーカスの肩に担がれてしまう。

「ル、ルーカス、さんっ⁉」

「みなさま、今日はありがとうございました。ゆっくりお楽しみください」

そのルーカスの言葉は、来賓たちへある種の誤解を与えたが、このときのエミルは理解できていなかった。それよりも目の端に映る、ヨハンが気になって仕方がなかった。彼の綺麗《きれい》な立ち姿は、後ろ姿でもどこにいても分かる。けれどその後ろ姿がこちらを振り返ることはなく、エミルはルーカスに連れられて広間をあとにした。


「大丈夫？　水をたくさん飲んで。たぶん、興奮剤の一種だろう」

なんてことするんだ、と溜息を吐《つ》いている。エミルは用意された客間に運ばれた。

「エミル、俺は君の薬が抜けるまで、自室に戻ってるから。苦しかったら抜いてしまった方が収まるのは早いよ」

自慰を促されて、想像しただけで達してしまいそうになる。そのくらい体が敏感に反応する。

「今の君はすごく可愛い。けど、君には手を出せないから」

ルーカスは意味深に笑うと、水をローテーブルに置いて部屋を出て行ってしまった。

「どう、いうことだよ……」

一人部屋に放置されてエミルはソファにもたれかかり、熱い息を逃がす。まさか自分が薬を盛られるなんて思わなかった。ハンカチを拾ったときにグラスに入れられたのだろう。

「最悪だ……」

せっかく綺麗に着せてもらったフォーマルを脱ぎながら、ベッドに倒れ込む。肌に直接触れるリネンすらこそばゆい。

「ふっ……ん、……」

両手ですでに勃《た》ち上がっている自分の中心を握りしめて、上下に扱《しご》くと腰が揺れていく。

あの時、ヨハンが触ってくれたことを思い出す。この城でエミルを可愛いと言いながら、熱いものを重ねて何度もここを擦《こす》ってくれた。

「あ、あ、あっ……ヨハン、さんっ……」

彼を思って自分の体を慰めていると、また内側から抗えない力がこみ上げてくる。尾骨の奥に側頭部、耳の上に違和感が出始める。

それをどうにか収めようとして、ふとエミルは「そうか」と思った。本能の赴くままにこの熱を解放してしまえばいい。

「ああぁっ……」

握りしめている中心から迸《ほとばし》る白い精液と、尻尾《しっぽ》と耳が現れていく。それでも強引に引き出された欲望は、まだ収まらない。

耳を食《は》みながら何度も可愛いと言ってくれた。思い出すだけでまたエミルの中心はあっという間に力を取り戻してしまう。これはきっと薬のせいだけではない。ヨハンを思うからこそ、耳と尻尾が出てしまっているのだと思いたい。

「ヨハン、さんっ……ヨハ、ンさん……」

何度も名前を呼んでは、この前触られなかった胸の突起を指で摘まんでみる。

「あ、っ……んっ……」

そこも気持ちがいい場所だ。指先でくりくりとこねくり回し、唇を嚙《か》みしめる。何度もいやらしいキスをしてくれた。舌を絡《から》めて口の中を舐《な》められた。

「んん、んっ……ふっ……」

思い出すたびに体を揺らし、彼をオカズにして何度も欲望を吐き出したのだった。


どのくらい経《た》っただろうか。ドアをノックする音でエミルは目を覚ます。

「エミル、気分はどうだい？」

ルーカスの声が聞こえてきて、勢いよく体を起こした。何度も達したおかげか、薬は抜けたと思う。しばらくの間、力尽きて眠ってしまっていたようだった。

「あっ、だ、大丈夫です！　ちょっと待ってください」

シャツ一枚で寝落ちしてしまっていたエミルは、急いで脱ぎ散らかした服の中から下着とズボンを探して穿《は》いた。どうにか身なりを整えるとドアを開ける。

「すみません、少し眠ってしまったみたいで……」

「うん、顔がスッキリしてるからよかった」

ちょっと失礼するよ、とルーカスが部屋に入ってきた。いかがわしいことをしてしまっていた部屋に入られるのは、ちょっと恥ずかしい気がしたけれど、ルーカスは気にしてないようだ。

「あの、パーティーはいいんですか？」

「ん、大丈夫。さっきも顔は出しておいたし、招待しているのは一族の者ばかりで当主の番の座を狙いに来ている連中ばかりだから」

ぎらぎらした欲望を向けられるのはもう勘弁、とソファに寄りかかって、ぐったりと天を仰ぐ。よほどパーティーに疲れたようだった。そして体を起こすと、エミルにも座れと促してくる。

「それに、俺が君を連れて席を外したってことで、ついに番が現れたって思われたかも」

そういえば、このパーティーの主旨は彼の番を見つけることが目的だった。けれど、エミルはヨハンにそう思われたくない。彼にだけは誤解して欲しくなかった。ヨハンはエミルが本当にルーカスの番になってもいいのだろうか。少しでも好意を寄せてくれていると思ったのは、勘違いだったのだろうか。

それに自分の気持ちだけは偽れない。本当の想いは、ルーカスへ向けていない。

「俺は、番には……なれません」

エミルは正直に自分の気持ちを口にする。ルーカスはその言葉を聞くと、うん知ってると、頷いた。

「俺は、ヨハンさんが、好きです」

「うん、君はとても人を見る目があるよ」

ルーカスは嬉しそうにそう言った。そして改めて自分のことを話し始めた。

「俺はね、こんなパーティーはしなくていいってずっと言ってるんだ。だって俺はここに来た人たちから番を選ぶ気はないから。それでも一族に対しての外聞もあるからやらざるを得ないのも事実」

しがらみが多すぎるルーカスを、ヨハンはずっと隣にいて見てきたから、思うところがあったのだろう。彼は彼なりに責務を果たそうとしているのだが、それはルーカスの想いとは異なってしまっているようだ。

「俺はさ、番になるならちゃんと好きになった人とって思ってるからさ。来年の誕生日までに番を見つければいいんだし、見つけられなかったとしても俺は一人で生きていくって、もうずっと前から決めてるんだ」

その目には強い覚悟が見え、ルーカスがどうして当主として選ばれたのか分かる気がした。人を惹《ひ》きつける力と、それを実践できる能力を兼ね備えている。そしてその補佐をヨハンが行ってきた。近くで彼の苦労をずっと見てきたからこそ、ちゃんと番を見つけて欲しいと願うのだろう。

エミルはどうしてもヨハンのことを考えてしまっていたけれど、ルーカスの言葉に気になることがあった。

「どうして、来年までなんですか？　三十歳までに番を見つけるっていうのは聞きましたけど……」

それがどれほどの意味を持っているのか、エミルにはまだ理解できていなかった。

ルーカスはエミルの問いに、「ヨハンから聞いてない？」と言われ、「少しだけ聞きました」と答える。

「当主は番を三十歳になるまでに探し結ばれないと、次の番が現れるとされる数百年後まで死ぬことができなくなるんだよ。それがモーアン当主が受け継いでいる掟《おきて》でもあり、呪いだよね」

ルーカスはこともなげに笑う。

「数百年、死ねなくなるって……不老不死ってことですか？」

「そんないいものじゃないと思うよ。それも本当かどうか、分からないしね」

だからヨハンは必死になって彼に番を探していたのだ。ルーカスをその一族の呪いから解き放つために。

それに一人で生きていくなんて、そんなの寂しすぎる。

エミルが悲しい顔をしてしまうと、ルーカスは明るい表情を見せる。

「大丈夫だよ、諦めてるわけじゃないし。本当に番を見つけられるかもしれないし」

だから、とルーカスが言う。

「俺はもうすぐ日本に行く。それまでの間、みんなに言い寄られるのも面倒だから、番になったふりをしてくれないかな？」

「……それは、どういうこと、ですか？」

番になったふりということは、セックスをするのだろうか。それは嫌だ。ヨハン以外の人としたいとは思わない。

「ただふりをしてくれればいい。だって君が好きなのはヨハンでしょ？　さっきの発情だって薬によるものもあるけど、エミルがただ好きな人のことを考えて欲情しただけなんじゃないかな？」

意味深に、しかもわざとらしく頷いて、納得するように話す。

「それって、人狼だからじゃなくて、普通のことだよね。だって好きな人がいたら欲情しちゃうし」

そう言ってくれるルーカスに、エミルは救われたような気がした。

「そうか……普通、なんだ……」

「そりゃそうだよ。俺だって本当に好きな人ができたら欲情くらいするし。俺たちの持つ本能とは別だよね」

けれどエミルには自信がなかった。ヨハンがエミルのことをどう思っているのか。

「ヨハンさんは、あなたのために……あなたの番にするために俺と関わっていただけです……」

「本当に、そう思う？」

「だってヨハンさんは、番候補だから俺の気持ちは受け入れられないって……」

そう伝えると、ルーカスは大きく溜息を吐いた。

「まったく……あいつはまだそんなこと……」

頭を抱えてくしゃくしゃと髪をかき回す。

エミルはずっとめげずに好きだと伝え続けてきたけれど、結局彼からの返事はもらえたことがなかった。ただ、だんだんと軟化してきた態度と、時々感じる優しさがエミルに少しの希望を持たせてくれていた。

「君の発情の匂いは分かったけど、俺の番ではないよ。俺は君とセックスはしないから」

ルーカスが言葉を重ねる。

「ヨハンも分かってるはずなんだよ。自分の気持ちも、君の気持ちも。けど俺を先に幸せにしないと自分は幸せになっちゃいけないと思ってるんだ」

それはルーカスが当主であり彼がずっと付き人としてそばにいたからだろう。それもある意味、彼らにかけられた呪いだ。どちらもその呪縛から逃れられず、もがいているようにエミルには見えた。そういう意味では一族から離れ、オーレに育てられたエミルにはしがらみもない。仲間がいなかったことで秘密を一人で抱え込み、孤独を感じる部分はあったけれど、彼らの呪縛よりはマシだったのかもしれない。

ルーカスがエミルの方をまっすぐに見て、姿勢を正す。

「俺の願いは、ヨハンが幸せになってくれること」

これは親友としての願いだ、と寂しく笑ったルーカスが本当に家族のように彼のことを思っているのが分かる。その願いを自分が叶《かな》えることができるのだろうか。

「エミル、行っておいで。ヨハンを俺の部屋に呼び出してある」

あいつのこと、幸せにしてやってよ、と背中を押される。

立ち上がりお辞儀をすると、エミルは部屋を飛び出したのだった。

エミルの泊まっている部屋よりさらに上の階にある、当主の部屋のドアをそっと開けた。中を覗《のぞ》くと、背を向けているヨハンが見える。もしここで声をかけたらきっとヨハンが逃げてしまうと思ったエミルは、なにも言わずに部屋に入る。キィとドアの音がしてヨハンがこ

ちらを振り返ることをしないまま、ルーカスだと思って「呼び出しといてなんで部屋にいないんだよ」と少し不機嫌そうな声で言う。

「エミルとは……どうしたっ……」

エミルは気づかれていないのをいいことに、後ろから抱きつく。

「エミル……」

肩越しにエミルを確認したヨハンは驚いたのと同時に、エミルの体を引き離そうとした。

「なんで君が？　ルーカスはどこです？」

言葉では何度も放しなさいと言うけれど、ぎゅうぎゅうとしがみつくエミルの手をどうにか解こうとするヨハンは、本気ではないのが分かる。本気を出されたら体格差もあるし、彼の力には敵《かな》うはずがないのだ。

「広間で騒動が起きたとき、あなたは発情していた。ルーカスと番にはなれたんですか？」

そんなこと聞かないで欲しいのに、ヨハンはエミルの痛いところを的確に突いてくる。それでももう怯まない。

「あれは、発情なんかじゃないっ」

エミルはヨハンの背中に顔を押しつけて、そう訴える。絶対に放さないという意思でしがみついていると、はぁ、とこれ見よがしに大きな溜息を吐かれた。

「そんな嘘を言わなくてもいい。この前と同じように発情したんでしょう？　喜ばしいことですよ」

番になれるじゃないですか、とまるで取り合ってくれない。すべてをわざとルーカスの番にする方向にねじ曲げられていく。それが悲しくて悔しかった。

「俺が、ルーカスさんと番になったら、あなたは嬉しいんですか？」

背中からそう問うと、抱きついているヨハンの体がびくりと反応する。それを取り繕うかのように明るい声がする。

「当たり前じゃないですか。今日中にあなたとルーカスが番になれば、掟の条件を満たせるのだから」

その言葉は半分本音であることも分かっていた。ルーカスのために彼がずっと献身的に尽くしてきたのは分かっていた。

「ルーカスが人間的にも優れているのはあなたも知っているでしょう？　それに同じ人狼同士、彼と番になれたらあなたは幸せになれるんですから」

それは同時に、自分とでは幸せになれないと言われているようだった。

「俺はあなたのことが、好きなのに……」

「初めての発情の時に俺が対処したから、そう思ってしまっているだけですよ。雛鳥の刷り込みと同じようなものでそんなもの、錯覚ですよ。好きだなんて気持ちは、本人の思い込みに過ぎない」

だからもっと現実的になりなさい、というヨハンにエミルはしがみついていた腕を放す。

諦めたくないから、ずっと伝えてきた気持ちを、今ハッキリと否定された気がした。

(けど、だからって俺が諦めると思わないでよ、ヨハンさん)

体が自由になったヨハンが、エミルの方を振り向いた。

「あなたを好きな気持ちが錯覚っていうのなら、それでもいい。俺がヨハンさんを好きなことには変わりない」

そう、彼のことが好きなのだ。そのさらさらの白に近いブロンズの髪も青《あお》い目も、細く節だった指も、エミルを突き放そうとする優しさも。全部好きだから。

「けど、ここまで拒否されたら俺も辛《つら》いです。それでも俺をルーカスさんの番にしたいのなら、その前に——俺を抱いてください」

無茶苦茶なことを言っているのは分かっている。ヨハンがそんな挑発に乗ってくれるとは思えない。けれど、そのくらい好きなのだと、分かって欲しかった。

「俺の初めては、あなたじゃなきゃイヤなんです」

泣きたいくらい好きだと、思った瞬間だった。身に覚えのある体の熱さが湧き上がってくる。

「っ……く、そっ……」

なんでこんな時に、と自分の体を抱きしめる。どうしてこうままならないのだろう。ちゃんと話をしたいのに、ヨハンを想えば想うほど体が反応してしまう。

「ヨハン、さんっ……お願いだからっ……」

縋りつくエミルにヨハンは顔をしかめる。それが拒絶のように思えて悲しくなったけれど、ここで諦めたら、きっと彼は本当にエミルから離れていってしまう気がした。

それなのに心が折れてしまいそうな言葉をヨハンが投げつけてくる。

「私にはあなたを抱く資格がありませんから。それはルーカスにお願いしなさい。エミルは番候補で、運良く今日はルーカスの誕生日です。あなたたちならきっと幸せになれる」

人狼ではないヨハンにはエミルを抱く資格がないとでも言うのだろうか。そんなの関係ない。エミルはただ好きな人に好きだと言っているだけなのに、とヨハンの頑《かたく》なさに怒りすら湧いてくる。

「資格って、なんですかっ……人狼だからとか、そんなの関係ない！」

ヨハンの匂いがさらにエミルの欲望をひどくする。その理由はただ一つ。

「俺はっ、ただあなたが好きなだけなのにっ。ヨハンさんの匂いしか、俺には分からないんです」

好きな人だから匂いがするんだと伝えても、ヨハンは溜息を落とすだけだ。

「ルーカスと番にさえなってしまえば、そんなものも分からなくなりますよ」

そんなことを言うヨハンに、そうじゃないと何度も首を横に振る。たまらず衝動的にヨハンに抱きついた。抱きつくというより体当たりだ。けれどそんなエミルをヨハンはよろけることなく受け止める。

涙が零《こぼ》れた。分からず屋のヨハンに悔しくて、なによりルーカスのことしか考えていない彼に悲しくて涙が止まらない。

そんなエミルに眉を寄せるヨハンに、呆《あき》れられたかも、とさらに悲しくなった。けれどこの体を放す気はない。ヨハンがエミルを抱いてくれるというまで絶対に放さない、とギュッと力を込める。

「人狼同士、じゃないとダメなんて、誰が決めたんだよっ……」

もう一度小さく息を逃がしたヨハンが、「その方があなたのためだ」と、納得いかない返事をする。

「だから、俺を諦めてください」

モーアンを支えること、それが自分の役目なのだから、とヨハンは言う。

「いやだ。俺はヨハンさんがいい。あなたしか好きにならない！　俺を諦めさせたかったらもっと突き放せよ！」

「あなたがルーカスと番《つが》えば、幸せになれます」

ヨハンの言葉には力がなくなっていて、本気ではないと分かる。ぎゅう、としがみつくと何度も何度も告げた言葉を紡《つむ》ぐ。

「俺は、ヨハンさんしか好きじゃない。もうヨハンさんが諦めてよ」

必死に繋《つな》ぎ止める。今までこんなに人に執着したことがなかった。それだけ彼は自分にとって特別なのだと分かって欲しい。それをどう伝えたらいいのか。ヨハンには、立場も生い立ちも、しがらみだってある。自分のことばかり考えてただ好きだと言い続けることしかできない自分は、駄々をこねている子供みたいだ。

「俺には、将来を約束した人がいます」

「……え、……」

突然の告白に、頭を殴られたような衝撃を受けた。必死にしがみついていた手から力が抜けていく。さすがのエミルもダメージが大きくて呆然《ぼうぜん》としてしまう。

「むやみにあなたを傷つけたくなかったし、吹聴するようなことでもないので言いませんでしたが」

これで諦めがつきますか？　と力の抜けたエミルの手を解き距離をとると、綺麗な顔で笑う。

最後の切り札を、ヨハンは持っていた。それはエミルの戦意を喪失させるにはかなり有効な手札だ。

「これで、私が受け入れられない理由が分かってもらえましたよね？」

あなたはルーカスの番になる運命なのですよ、と大好きな笑顔でひどいことを言う。

「嘘はダメだよ、ヨハン」

二人の会話に割って入る声がした。重厚なドアを押し開けて、そこにルーカスが立っていた。

「ルーカス……」

ヨハンが主人の名を、苦々しい声で呼ぶ。ルーカスは茫然自失《ぼうぜんじしつ》になっているエミルに「大丈夫？」と聞いてくる。

「往生際が悪いよ、ヨハン」

彼の前だと表情を上手《うま》く作れなくなるようで、容姿とはそぐわない乱暴な仕草でガシガシと髪を掻《か》き乱す。

「行き当たりばったり過ぎて、詰めが甘いよヨハン。お前らしくもない」

ルーカスがどこか嬉しそうな声で言う。そんなルーカスにヨハンは少しいらだったように「うるさいな」と言い放つ。けれどルーカスは気にしていないようだ。

「いつものお前なら、こんな浅はかなことしないのに、そうならざるを得なかったのはエミルのことが好きだからだろ？」

「違う、この子はお前の番候補だから、機嫌を損ねたくなかっただけだ」

あくまでもルーカスのためだというスタンスを崩さない。それでも、好きな気持ちが止められないのだから、そんな自分の諦めの悪さに呆れるしかない。

「エミルのこと、手放したくなかったのはお前だろ？　だからエミルに靴を作らせて口実つけて城にまで呼んだくせに」

そう言われたヨハンがバツの悪そうな顔をする。

「この子はお前の番にするために連れてきたんだ」

「なあ、ヨハン。俺もお前も、モーアンの被害者だよな。言い伝えと掟に縛られて生きてきたから」

三十歳までに番を見つけなければ、次の番は数百年後まで現れない。本当かどうかも分からないその言い伝えを、モーアン当主はずっと守ってきたのだという。そのモーアンに仕えてきたソールバルグはその番候補を育てる、または探す役目を担ってきたらしい。

「当主の俺に相手がいないのに、自分が幸せになったらいけないなんて、古い考え捨てろよヨハン」

エミルの横を通り過ぎて、ルーカスはヨハンに近づいていく。

「お前は幸せになっていいよ。俺のために自分の幸せ諦めんなよ？」

この部屋に来る前にルーカスが背中を押してくれた。そのときの言葉を思い出す。

——俺の願いは、ヨハンが幸せになってくれること。

幸せの形は人それぞれで、もしかしたらヨハンの思い描く幸せと、ルーカスや自分の思うものとは違うかもしれない。それでもエミルもヨハンに幸せになってもらいたい。そこに自分が一緒にいたいと思うのは、変わらないのだ。

エミルもヨハンに近づいて、迷子のような視線を向けてくる彼の手を取った。

「俺じゃ、あなたを幸せにできませんか?」

ぎゅっと手を握る。緊張しすぎて汗を掻いてしまっている。

「俺は人狼だけど、だからって普通の人を好きになっちゃいけないなんて思っていない。けど、ドキドキしたり体が火照《ほて》ってしまうのは……好きな人ができたらみんなそうなるもんじゃないんですか?」

好きな人と触れあいたい。それは自然な感情なのではないだろうか。

「そうだね……人を好きになることに、理由なんていらないよな」

眉を下げたヨハンが言う。

「負けたよ」

エミルの手を引き、ルーカスがいるのに抱きしめてきた。

「初めからずっと君のことが可愛くて仕方なかった。だから君に靴を作ってくれないかと持ちかけたのも、こいつには全部バレてたってことだな」

「そう、だったんですか?」

そう返すとルーカスが横から口を挟む。

「そうだよ、バレバレ。君を迎えに行くのも買って出たくらいだしね」

普段は運転手がちゃんと送迎をしてくれるのだという。そういえば、初めてオーレに城に連れてこられたとき、迎えはちゃんと運転手が来てくれていたことを思い出す。

「うるさい」

と開き直ったヨハンがギュッとエミルを抱きしめる。さっきの一方的にしがみついていたのとは違い、ちゃんとした抱擁に泣きたくなった。

途端、ヨハンのまとう雰囲気が初めの頃のように甘く、エミルのことを想ってくれているのが伝わってくる。

ヨハンの態度にルーカスが肩をすくめる。

「あ～、もうメロメロじゃないかよ」

見てられないと笑うルーカスは、どこか嬉しそうだ。なぜそんな顔をしているのか、すぐに分かった。

「ヨハンが俺よりもエミルを選んだことは、意味のある大きなことだと思うんだ。俺はこれでお前とやっと対等になれた気がするよ」

ルーカスの言葉に、ヨハンは少し寂しそうに告げる。

「俺はずっと対等でいたつもりだ。じゃなきゃ、社長だって引き受けてない」

対等じゃなかったら秘書になってる、と怒ったように言う。するとルーカスは驚いたような表情をして、「そっか」と安心したように笑った。

二人にしか分からない繋がりがある。それは仕方がないことだと分かっているけれど、少しだけ寂しさも感じる。けれどさっきもルーカスが言ってくれたことを、胸に刻む。

――エミルを選んだ。

それはなによりも、自分の力になる言葉だった。

半人前の靴職人。これからオーレの跡を継げるように技術も自信もつけていきたい。そしてヨハンの隣に立っていられるように成長していきたい。

「人狼の俺を選んで良かったって、そう思ってもらえるように頑張るから……」

この先、そのことで問題が起こるかもしれない。それでも一緒にいたいと思ってもらえるように、これから自分を磨いていきたい。彼の靴を作るのは、この先も自分でありたいとそう願うのだ。

「俺はエミルの真面目さとまっすぐさに惹かれたんだ。君が何者だろうと関係ないよ」

それに人狼には慣れてるし、とヨハンが言うと、ルーカスも「そりゃそうだ」と笑った。

「やっと、エミルを自由に触れる……発情起こしかけてたけど大丈夫？」

とエミルの体を確かめるようにヨハンが触るから、よけいに敏感になってしまいそうだ。

「だ、大丈夫だから。触っちゃダメですっ」

「悪かった。ちょっと、俺も気持ちが抑えられないみたいだ」

ヨハンもエミルがルーカスの番候補ということもあり、気持ちを抑えていたのだろう。今はもう我慢しなくていいと気持ちが全面に溢《あふ》れ出している。それだけ愛されていたのだと思うと、嬉しくて体の奥が、じんと疼くような気がした。

正直、気持ちが盛り上がると体が熱くなる。今は触られてまたおかしくなりそうだったけれど、我慢できないことはない。

すると、ルーカスがスン、と鼻を鳴らして匂いを確認する。

「エミル、君の匂いは……これは発情しきっているわけではないと思う」

「それ、って……どういうことですか？」

ルーカスは少し難しい顔をして、エミルとヨハンの方を見る。

「俺たち人狼は、運命の番に対してだけ本能的な発情を起こす。あと、子孫を残すための発情。それと満月による発情があるんだけど、正直な話、君たち二人には番の条件がないから発情の条件もないんだと思う」

それは確かにそうだ。種族の違いがあり、エミルはヨハンと番になることはできないだろう。

「あと、問題がまだある」

ルーカスの声が硬くなった。声色で、良くないことを言われるのだけは予想ができた。

「この先、エミルに番が現れないとも限らない。そのとき、抗えない力で君たちは引き裂かれてしまうかもしれない」

けれどルーカスの言っていることは、可能性として十分あり得ることなのだ。

「そのとき、君はそれでもヨハンを選ぶことができるかい？」

そう言われ、戸惑った。エミルは繁殖の発情すら知らずにいる。もし番が現れ発情してしまったら、今起きている体の熱さなど、比べものにならないのだろう。

それでも心は決まっている。諦めたくなかったのは、エミルの方だったのだから。

「引き離されたとしても、俺はエミルを愛するよ」

ギュッと手を握ってくるヨハンに、エミルは嬉しくて泣きたくなった。

「俺の方が、ヨハンさんを好きなんです。だから絶対に負けたくない」

番なんていらない。本当に好きな人と結ばれる方が、きっと幸せになれる。

「心までは強制できないだろ？　それならきっと大丈夫だ」

エミルがなにか言う前にヨハンがそう言ってくれる。

「ヨハンさん……」

ヨハンの言葉に涙が溢れてくる。そんなエミルを宥めるように抱きしめてきた。

「探そう。人間と人狼が番になれる方法を。俺は君を誰かのものにはさせない」

それならば、どんなことをしてでも離れない方法を探す、と力のある言葉だった。ヨハンがそう言ってくれるのなら、きっと大丈夫と思えてくる。こうなった以上後ろを振り返っても仕方がない。困難な道を選んだのは自分たちだ。なら前に進むしかない。

「絶対に、俺も離れたくないです。俺になにができるかは分からないけど、今はとにかくヨハンさんの隣に、胸を張って立てるようになりたい」

まずは職人として一人前になること。そして彼と番になれる方法を、どうにかして探していく。これからの旅路は長いけれど、番に出会わないように怯《おび》えて暮らすのなんて嫌だ。

「大丈夫。きっといい方法が見つかるはずだ」

エミルを抱きしめるヨハンが、もう一つ大切なことを口にする。

「俺は、お前の番を見つけることも、諦めていないからな」

そうだ。ルーカスこそずっと困難と闘い続けている。これからはヨハンと共にエミルも力になれたらと思うのだ。

「俺は、俺だけの番を見つけるよ。俺とエミルは似ているようで相反してるな」

エミルは番には出会いたくなくて、ルーカスは番を見つけようとしている。どちらもただ、愛する人を求めているだけなのに。

ルーカスの言葉に、エミルは申し訳ない気持ちになってしまう。

「ごめん、言い方が悪かったな」

しょげてしまったエミルに、ルーカスが謝ってくる。それと、と続けた。

「やっぱり今日の件は、番にはならなかったってことで、一族のみんなには報告しておくよ。

番になったふりをしてもらうのも、申し訳ないし、もうこんな茶番は懲《こ》り懲《ご》りだな」

「それで、いいのか？」

ルーカスの発言にヨハンが心配そうな顔をする。

「また一族の連中が躍起になってお前に番をと、いろんなやつを送り込んでくるだろ？　やっぱり俺も探すのを手伝うぞ」

「俺は大丈夫だよ。むしろ、ヨハンが俺に気兼ねしてるんじゃないかってずっと思ってたから、自分の幸せを優先してくれて嬉しいよ」

その顔は本当に嬉しそうだった。二人は互いにずっと心配し合ってきたんだなとエミルは思う。

「さて、そろそろ邪魔者は退散しようかな」

にやりと笑ったルーカスが、手を振ってドアの方へ向かう。

「今日はこの部屋好きに使ってくれ。俺はゲストルーム使うから」

「ちょ、っ……」

ヨハンが引き留めたけれど、ルーカスはごゆっくり、と意味深に笑って、その重厚なドアを閉めて出て行ってしまった。

「ったく……そんなこと言われたって……使えるわけないだろ」

ヨハンが呆れたようにそう言って、エミルの方へ視線を向ける。

「俺の部屋に行こう」

手を引かれ、肩を抱き寄せられる。エミルがその温もりに寄りかかり、「はい」と答えると、ゆっくりとその端整な顔が近づいてきて、唇を塞がれた。

ドアが閉まった途端、後ろから抱きしめられた。

「ああ……やっと君を抱きしめることができる」

ヨハンがエミルの首筋に鼻先を埋《うず》めて、崩れた髪が頬をくすぐった。

「俺も、もう一方通行じゃない言葉が言えるのが、嬉しいです……」

ずっと伝えてきた言葉。

「俺はヨハンさんが、好きです」

自分を抱きしめている腕に、頬を寄せて言う。するとヨハンは至る所にキスを落としてくる。髪に頬に首筋に。そしてエミルの気持ちに応えてくれる。

「俺も好きだよ。オーレと城に来た日には、君に落ちてたと思う」

とヨハンが笑う。けれどオーレが引き取った子供は、のちの番候補になるとずっと聞かされてきていたから、ルーカスを優先しなければという気持ちが働いてしまったのだとヨハンは話す。

「俺も、あの時から、ヨハンさんのことがずっと気になってました」

「なんだ、初めから相思相愛だったんだね」

それなのにずいぶんと遠回りしてしまった。そこには互いに思うところがあったのだから仕方がない。特にヨハンには使命感もあり、葛藤《かっとう》は大きかっただろう。

ヨハンの言葉にエミルは思う。

「運命の相手って、人間だろうが人狼だろうが関係なくいると思うんです……ずっと、一緒にいたいって思える人なんて、俺はヨハンさんが初めてでした」

それを運命だと言わずになんというのだ。

「みんな、難しく考えすぎなんじゃないかな……」

エミルは思うのだ。もっとシンプルでいいんじゃないかと。自分が何をしたいかが大切なのだ。それはルーカスも同じだと思う。彼が本当に番にこだわっているとは思えなかったのだ。ただ、彼は生涯の伴侶を探しているだけなんじゃないかと思う。

たしかにモーアン家にはずっと続いてきたしきたりや掟があるから、エミルが思っているほど事は単純ではないはずだ。エミルはヨハンと一緒にいられるのなら、せっかく繋がりを持てた一族との縁を切ることになってもかまわないと思っている。そうなったとしても、自分が思い描く未来に何ら変わりはない。オーレの跡を継ぎたい。そしてヨハンの靴を作り続けていくという新しい夢もできた。人の原動力なんて、案外単純なものだったりするのだ。

「そうかもしれないね……」

「俺は、ただヨハンさんが好きって気持ちを大切にしたかっただけなんだ」

そう告げると、正面から抱き直されて嬉しそうに微笑んでいるヨハンにキスされる。甘く優しい口づけに蕩《とろ》けてしまいそうだ。

「俺を選んでくれてありがとう。エミルが諦めないでいてくれたおかげだ」

そう言ってヨハンがエミルの唇を何度も奪う。あの日の朝、発情らしきものを起こしてしまって以来の触れ合いに、エミルの体がじんと熱くなる。

薬を使われたときとも違う、この人が欲しいという想いとともに湧き上がる欲望。

本当の発情なんて知らない。エミルにとっての発情はヨハンに対してだけ起こす欲情のことだ。

立ったまま背の高いヨハンのキスを受け止める。腰を支えられるように抱かれ、後頭部を押さえられる。

「んっ……ふっ……」

恋愛経験の浅いエミルが辿々《たどたど》しくヨハンのキスに応えていると、薄く開いた唇から熱い舌がねじ込まれる。

「口、閉じないで、俺の真似《まね》して?」

エミルが慣れていないと分かってしまったようだ。頷くと「いい子」と褒《ほ》められて嬉しくなった。言われた通り、ヨハンの舌の動きを追った。絡められ突《つつ》かれて、口腔《こうこう》内を舐められた。その刺激が強すぎて、エミルはヨハンにさらに強くしがみついた。

こんなキス、知らない。体の芯から熱くなってしまいそうで、エミルは腰を引く。けれどそれを許さないとぐいっとヨハンが押しつけてくる。

「あ、っ……んっ……」

そこはすでに硬く盛り上がっていた。

（ヨハンさんも……感じてる……）

エミルのそれもズボンの中で力を増してしまっていた。恥ずかしいなんて感じる間もなく、何度も角度を変え、唇を貪《むさぼ》り合う。啄《ついば》むような優しいキスのあとは激しく吸い出されるように、緩急を付けられてエミルはもう腰砕けだ。

「んっ、ヨハン、さんっ……」

立っていることさえ辛くなってきて、涙目で訴えると「まだ頑張って」と足を割られ膝が差し込まれた。

「あ、……だめ、で、す……ぐりぐり、しないでっ……」

彼の太腿《ふともも》が押しつけられて、思わず甘い声を上げてしまう。

「可愛い、エミル……もっと聞かせて？」

そう言いながらヨハンが足を動かす。そのせいでエミルのものが擦れて、たまらなく感じ

てしまう。

「あ、あっ……だめ、って言ってるのにっ……」

エミルのものが下着を濡《ぬ》らしていくのが分かるくらい、感じてしまっている。縋るように見上げると、また唇を塞がれた。

「んん、……んっ……」

たまらず甘い声が漏れる。自分の声とは思えなくて恥ずかしさが増す。それなのに揺れてしまう腰が止められない。ヨハンの足だけでは刺激が足りず、もどかしくなっていく。

「あっち、行こうか」

そう囁かれてエミルは何度も頷いた。力が入らず生まれたばかりの仔鹿《こじか》のように足を震わせるエミルを抱き上げると、ベッドに運ばれる。ポスッと柔らかいシーツの上に下ろされて、そのまま上からのし掛かられた。髪を梳《す》きながら額《ひたい》に頰に鼻先に、優しいキスが落ちてくる。

その軽いキスですら、エミルの性を刺激する。

疼く体の芯が火を灯《とも》し、エミルの五感を敏感にしていく。これが発情じゃないというのであれば、エミルはこのままそれを知らなくてもいい。ヨハンに対してだけ感じる、この甘く蕩けそうな匂いと体の熱は、彼を求めている証なのだから。

「ヨハン、さん……俺、嬉しいです……」

そう告げると、ヨハンが綺麗な顔で笑う。そしてエミルの唇を塞ぐ前に言った。

「俺も、嬉しい」

「ふっ……ん、……」

甘ったるい声が部屋に響く。天井が高い分、反響しているみたいだ。

ヨハンがエミルの髪に指を差し入れ、地肌を撫でながら口腔をかき回してくる。上唇をなぞり、舌を突き入れられて絡めあう。唾液が混じり合い啜《すす》る音がいやらしく響いた。それだけでエミルの体の奥が熱を持ちはじめていく。キスがこんなに気持ちがいいなんて知らなかった。ずっと刺激されていたエミルの中心はさらに力を増し、ズボンを持ち上げている。そこをまたヨハンの足で擦られるとたまらなかった。

「あ、あっ……」

「エミルの声、可愛いね……」

そう言いながら舌なめずりをするヨハンは、淫蕩《いんとう》な表情を浮かべさらに色気を漂わせてくるから、エミルは小さく声を漏らして動けなくなる。

「ぁっ、……」

ヨハンは体を起こし乱暴に服を脱ぎ捨てると、エミルの服も脱がしていく。なすがまま、抗えない。あっという間に全裸にされてまたベッドに転がされた。

「若いから肌がぴちぴちしてる……」

そう言ってヨハンは無防備になったエミルの体を指でなぞっていく。

「……んっ……」

「エミルは俺に可愛がられてて……今までの分たくさん、愛させて？」

妖艶《ようえん》に笑うヨハンに、エミルの体の熱はよりいっそう強くなる。それを見越したようにヨハンの指が、エミルの胸の突起をやわやわと擦り始めた。女性とは違うそこは、小さくおもしろみがないいんじゃないかと思ってしまう。

音を立てて唇を貪り合って、舌を上下に扱かれて、その卑猥《ひわい》さに足を擦《す》りあわせる。

（あそこが、ジンジンする……）

血液が集まりすぎて、張り詰めた性器が痛い。

「ここ、辛そうだね……」

つぅっ、と指先で下から上に陰茎をなぞられて、エミルはたまらず体を捩《よじ》る。刺激が強くてどうしたらいいか分からない。それなのにヨハンの指は尖端《せんたん》の割れ目から溢れる蜜を掬《すく》い、なんどもその溝をなぞっていくから、もっとたまらなくなってしまう。

「あ、あぁっんっ……」

「エミル、こっち見て……」

潤《うる》んだ目を向ければ、視線が合ってまた口を塞がれる。くちゅくちゅといやらしい音を立てながら中心を扱かれて、そのたびに身悶《みもだ》えた。長く細い指がエミルの濡れそぼった下生えを遊ばせ、そのまま湿った肌を滑らせていく。その柔らかいタッチがまたエミルの快感を刺激した。触って欲しいのに与えられないもどかしさに、指を噛むと「ダメだよ」とその手を取られてしまった。

「声は我慢しちゃダメ。その可愛い声を嗄《か》れるまで聞きたいから」

「がまん、なんて……してな、っやぁ……」

意地を張ったら、ヨハンの指がエミルの胸の尖端を強く摘まんだ。その途端、甲高い声が上がってしまう。

「ここ、気持ちいいんだね……ここを触るのは、俺が初めて？」

性的な触れあいは、誰ともできなかった。体を許したら心まで許してしまいそうだったから。人には言えない秘密があって、そこまで踏み出せなかったのだ。だからこんなところを触るのは、ヨハンしか知らない。

ヨハンの質問に、頷きで答えると嬉しそうに相好《そうごう》を崩す。

「全部、初めてなの？」

そう問われ、エミルは恥ずかしさで一杯だ。この年になってまだ誰ともセックスをしたことがないと、白状させられるなんて。エミルは顔を隠すように腕で覆う。

「エミル、答えて？　その返答によっては、俺を大喜びさせられるんだよ？」

まだ誰も知らない君を抱けるんだから。

そう言われて、エミルは顔を赤くしながら小さくまた頷いた。

「顔、見せて」

抵抗する力もない腕をどかされ、赤くなっているであろうエミルの顔を真《ま》っ直《す》ぐに見つめてくる。

「俺に初めてをくれて、ありがとうエミル――大事にするよ」

エミルはその言葉が嬉しくて、涙が零れてしまった。

「俺も、ヨハンさんが初めてで……よかった……」

好きな人と結ばれたいと思うことは、きっと誰もが当然のように感じていることだ。それをしてはいけない、できないと思っていた。だからこんなにも嬉しいことはない。

不意に、ルーカスのことが頭をよぎった。彼は運命の番という掟に縛られている。エミルたちのように、心から惹かれあう運命の相手に出会えるといい。もし、出会えなかったときのことを考えると、胸が締め付けられるようだった。涙腺がおかしくなってしまっているのか、涙が止まらない。

「ヨハン、さん……好き、です……」

「うん、知ってる。ずっと、俺に伝え続けてくれてたから」

ありがとう、と言ったヨハンがエミルの流れる涙をキスで掬《すく》い取り、そしてまた愛撫《あいぶ》が再開された。

初めて触られると白状した胸の小さな突起を、くりくりとこねくり回され、押しつぶされる。

「あっ……ん、……」

びくりと体が揺れて、感じていることを隠せない。気をよくしたヨハンが今度はちゅ、と可愛らしい音をわざと立てて、その尖端に唇を寄せた。

「ふっ、……」

温かく湿った感触に、思わず声が漏れてしまう。

特に強めに引っ張られると、ピリリとした痛みの中にすら快感を覚えて、エミルは腰をくねらせる。初めてされることばかりなのに、こんなに敏感なのはおかしくないだろうか、と不安にもなる。そんなエミルの気持ちをよそに、ヨハンは口に含んだ小さな突起を転がして歯を立てたあと、じゅうっと音を立てて強く吸い上げる。

「これ、気持ちがいいんだね」

小さく揺れてしまう体を止められないから、違うなんて言っても嘘だとバレてしまう。

「あ、あ、あっ……」

反対の乳首は指で捏《こ》ねられて、どちらも刺激されて気持ちよさに快楽の涙が溢れてくる。

ヨハンの手が、エミルの腹部の薄い皮膚を撫でながら降りていく。どこに向かっているのか想像するだけで、期待にそこが力を増していく。

「ヒクヒクしてるね、どうしてほしい？」

下生えの根元を撫で、求めているところには触れてくれない。筋肉の溝がくっきりと出ている太腿《ふともも》の内側を手の甲でなぞられたら、もうダメだった。

「さ、さわって……ほしい、です……」

涙目で訴えると、満足したようにヨハンがにこりと笑う。その笑顔に胸がときめいて、心臓が高鳴る。

（ああ、俺、ヨハンさんのことが、すごく好きなんだ……）

顔がいいのはもちろんだけれど、それだけではない。彼の手も声も全てが愛《いと》おしい。彼の手がエミルの足を遡《さかのぼ》ってくると、陰嚢《いんのう》に触れる。

「ああっ……」

「ぱんぱんに、張ってるね。苦しそう」

二つのものを掌《てのひら》で転がされ、遊ばれる。

「あ、あっ、ヨハン、さん……」

それじゃない。もっと直接的な刺激が欲しいと、エミルは首を横に振り目で訴える。

ヨハンと目が合った。じっと見つめられたまま、つぅっと陰茎を優しいタッチで触れられると、やっと待ち望んだ場所への刺激にエミルは背中を撓《しな》らせた。

「あっ、ああ、……ヨハン、さんっ……」

あの綺麗な指がエミルの欲望を撫でている。大切なものに触れるようにそっと何度もなぞり、そして尖端の割れ目を指で辿る。

「この前も、ここ気持ちよさそうだったよね」

初めて触れあった時もここを触られたけれど、想いが通じ合った今、気持ちよさはあの時の比にならない。

ぷっくりと膨らませて尖端から溢れ出している滴《しずく》を、指の腹で塗り込むように擦られて、あまりの刺激の強さに思わぬ声が上がる。

「やっ……あ、んっ……」

甘ったるく強請《ねだ》るような声が自分から出ているなんて、信じがたい。その声が恥ずかしくて口元を隠すと、「だめ、聞かせてって言ってるでしょ？」と手を取られてしまった。

「あ、あっ……ああ、っ……つめ、たいっ……」

ぬめりを足すためにローションを落とされて、下生えに染みこんで流れ落ちていく感覚すら刺激となってしまう。エミルは足を擦り合わせながら自分の中心を握ろうと手を伸ばした。もっと強い刺激が欲しい。思い切り扱きたいと思うのに、その手はヨハンに阻まれる。

「まだダメだよ。これからもっと気持ちよくなってもらいたいんだから」

流れ落ちていくローションを辿り、固く閉じているエミルの蕾《つぼみ》に触れた。誰も触れたことのない場所に、思わず体に力が入ってしまう。なにより、ヨハンの細く綺麗な手がそんなところを触るなんて。想像するだけで羞恥と興奮に、体が震えてしまう。

「ダメっ、ヨハンさん……！」

ヨハンの手から逃れようとしても、がっちりと腰を押さえ込まれてしまっていて身動きが取れない。

恥ずかしさも相まって、言葉とは裏腹に感じてしまっている。その証拠のように中心がヒクヒクと揺れてしまう。

「大丈夫、気持ちよくするから」

宥めるように言われ、エミルは小さく吐息を漏らす。ヨハンの声はずるい。優しくて身を委ねたくなってしまうのだ。

「こっちの方が苦しくないから」

うつぶせになって、と言われエミルは素直に従った。まるで獣のように四つん這《ば》いになる。その格好もまたエミルの興奮を誘う。

「あ、……」

尻を突き出しあられもない姿を、ヨハンに見せている。足の間で自分の性器が揺れているのもまた卑猥《ひわい》だった。そのせいでジンジンと熱がさらに沸き上がっていく。これは、ダメなやつだ、と思った瞬間だった。

「あああぁっ……‼」

尾骨と耳の後ろを熱が突き抜けていく。あまりの興奮に本能が抑えられず耳と尻尾が飛び出してきた。

「ん、……」

小さく呻《うめ》いて脱力する。狼の姿に変化するのはそれなりに体力を使う。上半身を支える腕が崩れてしまい、シーツに顔を埋めると腰だけを突き出した姿勢になると自分の尻尾が嬉しそうに揺れているのが見えた。

「可愛い、エミル……俺の恋人は最高だね」

そう言ったヨハンがふさふさと揺れているエミルの尻尾を摑まえて頰ずりした。その感触は尾骨に繫がっていてエミルはぞくりと背中を震わせた。

「あ、あっ……んっ」

感じる付け根を愛おしそうに何度も擦られて、エミルはたまらず甘い吐息を漏らす。ムズムズとして自然と腰が揺れる。もっとと強請るような仕草にも思えて恥ずかしさがまた生まれる。それと同時にさっきまでヨハンが触れていた奥の入口が、ヒクヒクと物欲しそうに何かに進入されることを待ち焦がれていた。

ローションで濡れた指が、襞《ひだ》を撫でる。馴染《なじ》ませるように塗り込まれていく感覚に、またエミルは小さく喘《あえ》ぐ。そしてくぷ、と指が差し込まれた。

「んっ……」

「大丈夫？」

肩口に唇を落としながら、エミルに労《いたわ》る声をかけてくる。

初めての感覚は、よく分からなかった。違和感が強いと聞くけれど、それよりもジンジンしている中の熱の方がきつかった。この熱を発散したい。だから何度も頷いて大丈夫だと告げるとホッとするのが分かって、ヨハンの指がゆっくりと動き出した。

「あっ……ん、……」

中を広げるように、けれどエミルのことを傷つけないようにしてくれているのが分かった。気をそらそうと、しっとりと湿っているエミルの背中をさすってくれる。その間も奥をいじる手は止まらなかった。

「ここ、気持ちいいの？」

浅い場所を何度も突かれ、エミルは背中を反らす。ムズムズとした感触があって、そこじゃない、もっと奥に欲しいと体が強請って腰を揺らしていた。それに気づいたヨハンは、「大丈夫そうだね」と、いつの間にか奥に含む指を増やしていた。

「そこ、だめっ……」

少し奥の、ある場所を何度も擦られた。

「尻尾、揺れてるね……可愛い」

と口づけられて、また揺れてしまう尻尾を止められなくて、気持ちよくなってしまっているることをヨハンに知らせてしまう。それが恥ずかしくて、よけいに興奮してしまうから、エミルはどこかおかしいのかもしれない。

「あ、あっ……」

耳を垂らし、気持ちよさに高い声が止められない。肩や背中を舌で辿られ、その感覚に足の間で揺れている中心が、滴を垂らしていく。感じる度に揺れる自分のそれが卑猥だった。ローションの泡立つ音が敏感になっている耳を犯し、もうなにも考えられなくなっていく。

「ヨハン、さんっ……もう、ダメっ……」

前を触って強く扱きたい。この奥にある熱を吐き出してしまいたい衝動に駆られていく。顔をシーツに押しつけて、エミルは自分の揺れている性器に触れようと手を伸ばす。

「だーめ」

そう言ったヨハンに阻まれてしまった。

「ど、して……もう、我慢、できない……」

「今、イッちゃったらもっと辛くなるからね、我慢して」

宥めるような声に、イヤイヤと子供のように首を振った。気持ちよすぎて辛い。どうにかして欲しい。そのことで頭がいっぱいになってしまう。快楽を我慢することがこんなに辛いなんて知らなかった。

「今、もっと気持ちよくしてあげるから」

そう言ったヨハンが指を抜いた。

「あっ、……」

質量を失ったそこが、ヒクヒクと蠢《うごめ》いている。エミルの薄い双丘の肉を割り開いたヨハンが、その入口に性器を押し当てて何度も擦り上げてきた。

「あ、あ、あっ……」

入ってきそうで入ってこないそれに、焦《じ》れたエミルが腰を揺らすと「やらしいね、エミル」とヨハンの甘い声が届いてくる。

「嫌、ですか……?」

初めてなのに、こんなに乱れてしまう自分はおかしいのだろうか。そう思って問うと、ひたり、とエミルの入口にその硬い性器を当てた。

「やじゃない。むしろ、やらしくて可愛くて、もっと乱れて欲しいって思う、よ」

言い終わるのと同時に押し込まれていく。

「ああっ――あ、……」

四つん這いのままヨハンのものを受け入れていくエミルは、背中を反らせながら甲高い声を上げた。違和感と圧迫感。ヨハンのものの大きさを実感してしまう。けれど彼を受け入れられたことの喜びの方が大きくて、尻尾を高く上げ小さく震えた。

「あ、あ、あっ……入って、くる……」

「うん、入れさせて。ここに全部……」

抽挿《ちゅうそう》を繰り返しながらヨハンが奥へと進んでくる。

「ふっ……ん、っ……」

苦しい。けれどヨハンの全部が欲しい。そう思ったら彼を受け入れている場所が、緩んでいく。

「ああ……気持ちいいよ……」

ぬかるんだそこは、彼だけを受け入れる性器となって熱を孕《はら》む。もっと奥へとうねる粘膜が、みっちりとくわえ込むように吸いついて離さない。ヨハンも何度も腰を揺らして、エミルの中へと入り込んできた。双丘の肉を掴むようにして揉《も》まれると、まるで中がうねったみたいに動く。

「あっ、んっ……あ、すごいっ……そこ……」

うつぶせているせいで乳首がシーツに擦れた。それがまたむず痒《がゆ》いような、じんと痺れるような快感を与えるから、エミルはたまらず腰を振る。そのたびにゆらゆらと足の間で揺れる中心からは、体液がこぼれ落ちシーツにシミを作っていく。

「強く、するよ」

もう大丈夫そうだね、と言ったヨハンが、さらに腰を強く叩きつけてきた。肉のぶつかりあう音が部屋に響く。

「ああっ……ひっ……んんっ」

尻尾が邪魔で、自分で抱えるようにするとヨハンと目が合った。それだけで尾骨の奥がジンと痺れ、思わず彼を締め付けると息を詰めたのが分かった。

「っ……」

その吐息すら、エミルにとっては媚薬《びやく》だ。もう我慢できないと自ら腰を突き出した。

「ヨハン、さんっ……もっと、して……？　奥、に欲しい……」

気持ちいい場所がどこかにある。それはヨハンのものが時々掠《かす》めていくのだけれど、決定的な刺激として与えられずもどかしくなる。

「お望み通りに」

とたん、腰を大きく引かれたかと思うと、根元まで叩きつけられた。

「ひ、っ……んっ……」

四つん這いでケモノのように重なり合い、強く穿《うが》たれる。ヨハンに尻尾を取られ、腰を高く上げさせられて、さらに奥へと突き入れられた。

「ああっ、ん、、あ、ダメっ……そこ、っ……」

「ダメ、じゃないでしょ？」

正直に言って、と言われ、エミルは促されるがまま答える。

「き、もち、いいっ……そこ、ああっ、ん、っ……」

ヨハンの性器がエミルの気持ちいい場所を何度も擦り上げるから、喘ぐ声が止められない。熱い粘膜を擦り、引きずり出される。また強く穿たれてその度に潰れた上半身のせいで、胸の突起がシーツに擦れ、それもまた快楽となってエミルを襲ってくる。

「イキ、たい……ヨハンさんっ……」

そこ、もっと、と強請りながら腰を振る。するとヨハンが大きく溜息を吐いた。

「ったく……そんなに可愛く強請られたら、言うこと聞くしかないね。尻尾、上げててね」

ゆっくりと腰を引かれ、粘膜が引きずり出されていく。その感触が伝わってきてエミルはたまらずまた声を上げる。

「あ、あ、あっ……」

もうダメだった。奥まで叩きつけられて、また引き出される。速く穿たれたかと思うと、奥で止められ、そのまま揺さぶられてエミルはあ、あ、あ、と嬌声《きょうせい》を漏らした。

ヨハンの動きにも余裕がなくなってきていた。荒い息が聞こえ、彼も気持ちよくなってくれているのが分かり、それがまたエミルの気持ちを昂《たか》ぶらせていく。

「ヨハンさんっ……好き、……すき、ですっ……あ、あっん……」

溢れ出す気持ちを抑えられず、そう告げると、少し苦しい体勢で口を塞がれた。

「俺も、好きだよエミル」

そしてまた、「諦めないでいてくれて、ありがとうね」と言うと、そのまま腰を強く叩きつけてきた。

「っ……ひっ、んん、……あ、あ、っ……も、イッちゃ、うっ……」

速さを増す腰の動きに、肉を打つ音が部屋に響く。その度に揺れる中心が、滴をまき散らしている。ヨハンのものがにちゅぐちゅ、と、泡立つような音を立てて激しくエミルの中を出入りしていくと、もうダメだった。

「イッちゃうっ、ヨハン、さっ……あああぁっ――!!」

ヒクヒクと中心を揺らし、白濁の体液を吐き出していく。頭のてっぺんから指先まで痺れるような絶頂に、エミルは快楽の涙を止められない。

「エミル……可愛い、まだここがヒクヒクしてる……」

「ま、って……」

涙目でそう訴えるけれど、ヨハンはその端整な顔に妖艶な表情を浮かべ舌なめずりをした。それがまた、いやらしくてエミルの体がビクリと揺れた。

「まって、じゃなくて、もっと、でしょ?」

違う、と言いたいのに、もう上手く口が回らない。

「あ、あ、あっ……んっ……」

「もう少し付き合ってもらうからね」

と言ったヨハンにまた揺さぶられ、律動が始まっていく。抵抗などできるはずもなく、エミルはもうなすがままだ。体を横にされ大きく足を割り開かれて、交差すると違う角度でヨハンのものが擦れていくから、またエミルの中心は力を持ち始めていく。

「や、っ……まだ……」

快感が収まっていないのに、と訴えても、ヨハンの腰は止まらない。横を向いているエミルの片足を肩に掲げて、抜き差しをする。時折漏れる吐息が艶《なま》めかしかった。

「ああ、気持ちがいいよ、エミル、俺も、もう……」

速まる抽挿に、彼の絶頂も近いことを知る。何度も揺さぶられ、奥に叩きつけられた。

「あ、んっ……俺、も、またっ……あああ」

「……エミルっ」

名を呼びながら、ヨハンはエミルの最奥で動きを止めた。伸びをするようにぐいっと腰を押しつけると、中に飛沫《しぶき》をまき散らしていく。

それと同時にエミルもまた小さく絶頂を迎えていた。

そして尻尾を握りしめて快楽を堪《こら》えているエミルに、優しいキスを落としながら愛の言葉を囁いたのだった。

【×月○日
ヨハンが日本へ旅立っていった。数年間は帰ってこられないって言ってたけど、俺たちはきっと大丈夫。番になれなくてもヨハンさん以外の人を好きになることなんて、俺はきっとできないから】

ルーカスの番は、今年も成立しなかったという結果に終わった。あと一年しか猶予がない状況でも彼はいつも通り明るく笑っている。

エミルといえば、ヨハンと恋人同士になり市内にあるモーアンの店舗や、城へ行く機会も増えた。一族から除外されているオーレの息子が城に出入りすることを嫌う人たちがいるらしく、ルーカスに迷惑をかけてしまっているのではと心配になった。しきたりや掟はめんどくさそうだなと思うけれど、エミルはあえて一族との関わりを持つことを決めた。それはいつかオーレのことを認めさせてやりたいからだった。こんなに素晴らしい靴職人がいるとみんなに知らしめたい。

クリスマスが近づいている十二月も半ば。エミルは市内にあるモーアンの店舗をいつものように訪れた。オーレのために用意してもらったものを、取りに来たのだ。

「あら、エミルさん、いらっしゃいませ。例のもの出来上がってきてますよ」

馴染みになったスタッフにそう声をかけられて、エミルも挨拶をする。

「こんにちは。昨日連絡もらって、待てなくて見に来ちゃいました」

「奥に用意してあるみたいですよ。今社長を呼びますね」

と言って店内用のインカムで、オフィスに連絡してくれたので、エミルは店内を見て待つことにした。

クリスマスシーズンでいつもより人が多い店内には、カップルや家族連れの姿が見える。季節に合わせた商品が並ぶブースもできていた。そこはモーアンの職人たちが作った、木製の小物が置いてある。ツリーのオーナメントも、木を立体的に組み合わせて星の形にしているものや平面的なものもあり、バリエーションに富んでいる。

「うわー……これすごいな……」

特にエミルは立体的になっている星のオーナメントが気に入り、今年の自宅用のオーナメントはこれにしようと手に取った。木の商品は他にもたくさんあって、エミルはワクワクしてしまう。家具だけではなくこういった商品展開も、いいなと思ったのだ。

（革も……同じだな）

オーレの店は靴の製作過程で出る余り革を使い、キーホルダーやカードケースなどを作ることもある。それは非売品でお得意様に差し上げるために作っていたのだが、エミルはそれも商品として出していきたいと思い始めていた。同じ職人として木の商品展開はとても参考になるものばかりだった。

（帰ったらオーレに話してみよう）

立派な靴職人になることはもちろんだが、これからどうやって若者に革製品を手にしてもらえるかも重要な課題だとエミルはずっと考えていたのだ。

（ヤバい……ワクワクする……）

目を輝かせて商品を見ていると、不意に後ろから甘い匂いが漂ってきた。

「楽しそうじゃない」

そう声をかけられて振り向くと、スーツ姿のヨハンが立っていた。エミルが手に持っているオーナメントを見て「それいいでしょ？」と言ってくる。

「うん、すごくいいです。違う大きさの星を組み合わせて立体的になってるのがステキだと思う。紙とかで似たようなものはあるけど、これを木で作るのは大変そう」

木材の種類がいくつか混ざっていて、模様を作っているのも楽しい。

「これは日本の伝統工芸の手法を参考にして作ってみたんだよ」

ルーカスは日本が大好きで伝統工芸なども勉強しているようだ。日本は多種多様な文化を受け入れてくれる。今、日本では北欧の大型家具メーカーが人気を博しているのだという。日本だけでも何店舗も展開していて、だからこそアジア進出の足がかりを日本に見出したのだという。

エミルは「日本」というワードに少し寂しくなった。もうすぐヨハンも日本へ赴任してしまう。そうなれば、こうやって簡単に会うことはできなくなる。恋人になったばかりなのにと思うと寂しさが募っていく。

「エミル？」

急に黙り込んでしまったエミルを、ヨハンの美しい青い目が覗き込んでくる。

「ごめん、なんでもないです。これ今年のオーナメントにしようと思って。それより、オーレのプレゼント見せてもらいたい」

明るくそう言うと、ヨハンはなにか察してはいるだろうが、あえて聞かないでくれた。

「こっちだよ」

案内してくれるヨハンの姿を見ながら、胸が苦しくなった。離れなければいけない日は刻刻と近づいてきている。一緒について行けたらどれほどいいだろうか。けれどまだ靴職人として半人前のエミルは、オーレのもとで修業したい。それに彼とずっと一緒に生きていくためにも、一人前の職人になりたいのだ。

バックヤードの入口からヨハンが声をかけると、頼んでいたものをスタッフが運んできてくれた。見せられたものに目を輝かせる。

「わ、木の色が綺麗……」

オークより少し明るい木目が綺麗に出ていてアームを作り上げている。シート部分の布はエミルがオーレをイメージした色のものを張ってもらった。

「こんなステキなものを作ってくださって、ありがとうございます……」

オーレへのクリスマスプレゼントに、やはりどうしてもモーアンの椅子をあげたいと思い、ヨハンとルーカスにお願いしたのだ。もちろんオーレのためならと快諾してくれて、クリスマスに間に合わせてくれた。今日はそれを受け取りに来たというわけで。

「オーレのものは俺が作るって言って、これは全部ルーカスが作ったんだよ」

「えっ、ほんとですか？」

オーナー自ら全て作ってくれたものだと知って、エミルは驚いた。

「お、お値段……」

思わずそう呟くと、ヨハンが笑う。

「ルーカスが作ったからって別に高くなるわけじゃないよ」

「けどっ……」

「これはルーカスの気持ちだから受け取ってやってよ」

ルーカスがオーレのために何かしたいとずっと思っていた証《あかし》だと言う。本来後払いのはずなのに、前払いと言われ提示された金額だけをそのときに支払った。ルーカスはこの話をもらったときから、自分で全部作る気だったのだという。だからそれを知ってしまったらエミルが気にすると思い、前払いと言ってくれたらしい。そんな二人の心遣いに気づいて感謝しかない。

「ありがとう……ございます……」

オーレのために、色々考えてくれていることが嬉しかった。するとヨハンが店内でもかまわずエミルの肩を抱いてこめかみにキスを落としてくる。

「クリスマスは、オーレを喜ばせてあげよう」

そう囁かれ、エミルは嬉しさを噛みしめながら頷いた。


クリスマスはルーカスの別宅にお呼ばれして、ヨハンの手料理を約束通り振る舞ってもらった。今まではオーレと二人きりだったり、職人たちと過ごすばかりだったけれど、今年は違う。一族の当主と恋人と、そして大切な家族と一緒に過ごすクリスマスは特別だった。準備していたオーレへのクリスマスプレゼントは、すごく喜んでもらえた。「そろそろ腰を労らないと」と言って渡したら「まだそんな年じゃない」と言いつつも、今では気に入ってソファに座るよりモーアンの椅子に座っている時間が長い。一度座ってみればモーアンの椅子の良さは分かる。してやったりとエミルは内心で喜んでいた。

そんな特別な冬休みを経て、エミルは少しの間だけオーレの元を離れることにした。

「三月末に、日本に行くことが決まったよ」

一月末の休日。通い慣れたヨハンの部屋で、寛《くつろ》いでいた時にそう言われた。離れる日が近いことが分かっていたが、実際日取りを聞いてしまったら、寂しくなったし不安にもなった。

恋人になって日が浅いのに離れても大丈夫だろうか。これが番だったらきっとそんな気持ちにならなくて済んだのかもしれない。けれど自分たちにはその番になる術《すべ》がないのだ。だから信頼と安心を自分の自信にしたい。年の差もある。ヨハンよりまだ恋愛経験が乏しいエミルには、安心材料が必要だった。

「俺、ヨハンさんが日本に行くまで、ここで暮らしたい」

モーアンの――ルーカスが作ったであろう――座り心地のいいソファに腰掛け、恋人にもたれかかっていたエミルは、体を起こし決意を持ってそう告げた。

姿勢を正してそう言ったエミルに、少し驚いた顔をしていたけれど本気なのが伝わったのか、体を起こして、ふむ、と考え込んだ。

「オーレには、俺からお願いするよ。エミルを俺にくださいって」

そう言ってヨハンはエミルの手を取って、甲にキスを落とす。それはまるで、プロポーズのようで胸がときめいたと同時に、嬉しすぎて苦しくなった。

「……死ぬ……」

しかも相手はヨハンだ。格好よすぎて様になる。王子様のような人がキラキラと光を背負《しょ》ってそんなこと言ったら、破壊力抜群だ。

「死なれたら困るな」

胸を押さえて悶《もだ》えているエミルを、ヨハンは笑いながら抱き寄せると、そのモデルのような顔を近づけて唇を塞いできた。

ヨハンが日本に発《た》つまでの二ヶ月間は、幸せな日々だった。その間、店には通いで勤務した。とは言ってもオーレのことが心配だったので、週の半分をヨハンと過ごすという感じだった。ヨハンも仕事で帰れない日や、ルーカスに合わせて城へ戻る日もあったりしたのでちょうど結果的に週の半分という形にはなった。

オーレも二人のことを応援してくれていて、ヨハンの家に泊まる日はよくパンを作って持たせてくれる。そのパンに合わせてエミルはヨハンほどの腕前ではないけれど、料理を作って帰りを待つこともあった。逆にヨハンがエミルのために食事を作ってくれたりして、そのことをルーカスに話したら「新婚だな」と冷やかされた。

確かにプロポーズのようなことも言われたし、やっていることもやっているし、新婚と言われても間違いじゃない、と思ってしまう。

けれど、そんなささやかな幸せの日々は、限られた期間だからこそ輝いている。この次にこんなに幸せな日々が訪れるのは、いつだろうか。きっと何年も先のことになるのは、互いに分かっている。けれど、必ずその日はやってくると信じられる。

そのくらいヨハンに愛されていると実感できた二ヶ月だった。

日本へ出発する前夜。エミルはヨハンの家で最後の夜を過ごす。部屋は時々は帰ってくるので家具などはそのままにしていくらしい。ただワードローブの中がすかすかになっていて、彼がここからいなくなってしまうことを知らしめていた。

ヨハンが最後の分の荷造りをしているのを、ソファで足を抱えて見ていると、どんどん寂しくなってしまう。

（絶対泣かないって決めたのに……）

後ろ姿を見ていると、センチメンタルになってしまう。ヨハンは新しいことを始めるのが楽しみだと、希望に満ちているからなおさらこんな寂しい顔なんて見せたくないと思っていたのに。

ぐず、と鼻を啜る音をヨハンに気づかれてしまった。こちらを振り返って苦笑して両手を広げる。

「エミル、こっちおいで」

エミルは言われるがまま、ソファから立ち上がりヨハンのそばにトボトボと向かう。広げられた両手は自分だけのもので、その中にぽすりとハマると抱きしめて背中を優しくさすってくれた。

「時々は帰ってくるから。毎日メールもするし時間見つけてビデオ通話もする」

ゆらゆらと子供をあやすように揺らされて、エミルはその大好きな匂いを肺一杯に吸い込む。

「俺も自分でも驚いてます……こんなに寂しくなるなんて、思ってなかったから……」

もっと自分は強い人間だと思っていたのに、ヨハンという存在を知ってしまって弱くなった気がする。

「それは、君が愛を知ったからだって思えばいい」

俺に愛されてるからその分寂しいんだよ、と言われて、エミルはギュッとしがみつく腕の力を強くする。

「じゃあ、ヨハンさんも同じなら、俺も頑張ります」

「当たり前じゃないか」

本当は日本に連れて行きたいよ、と言うヨハンの唇が落ちてきて、それを迎えるように受け止めた。この日の夜は、互いの熱を忘れないように何度も体を重ねあった。


そしてヨハンとルーカスは日本へと旅立っていく日がやってきた。

空港まで見送りに来たエミルは、離れがたい恋人の手を、ずっと握ったままだった。

足元を見るとエミルの作った靴を履いてくれていた。

なかなか納得いくものができず、何度も作り直したからやっと昨日の夜、渡せたのだ。

ぐずぐずと泣いてしまったあと、渡したいものがある、とやっと切り出せた。

『あの、これ……』

ウルヴェーウスのロゴの入った箱を差し出すと、ヨハンが嬉しそうな表情をする。

『ついに出来上がったんだね』

受け取ったヨハンが蓋《ふた》を開ける。喜んでもらえるだろうかと、エミルの胸ははち切れそうにドキドキした。

ピカピカに磨いた靴をヨハンが手にとって、形を見定める。

『うん、いい形だ』

『ほんとに？』

『気に入ったよ』

そう言ってヨハンはエミルのこめかみにキスを落とす。そして『履いてもいい？』と聞いてくる。

『もちろん』

エミルが答えるとヨハンは椅子に腰掛け、靴を履く。

『ど、どう……？』

両方履くと立ち上がり、部屋の中を行ったり来たりと履き心地を試している。

『ものすごく軽くて、なにも履いてないように思えるよ。素晴らしい』

さすがオーレの弟子、と言ってもらえてホッとした。

『これで、日本に旅立つよ』

ありがとう、と抱きしめられ、また鼻の奥をツンとさせたのが、昨日の夜の出来事だった。

そして今、空港に立っていた。身を包んでいるもの全てがオーダーメイドだと分かる上流階級の風格が、ヨハンとルーカスから滲《にじ》み出ていて、どこにいても人目を惹いていた。

「さ、そろそろ手続きに行くぞ」

そう声をかけてきたのはルーカスだ。

「エミル、困ったことがあったらうちの親父《おやじ》を頼るんだよ？　あと時間なんて気にしなくていいからいつでも連絡しておいで」

何回も聞いた台詞《せりふ》を、ヨハンはエミルに言い聞かせる。

「分かってます。ヨハンさんも、なにかあったらすぐに連絡してください」

離れることへの不安は、ずっとあった。半人前の自分にはヨハンを繋ぎ止めておける魅力があるのだろうかと。けれど今朝、彼がスーツを着て、エミルの靴を履いてくれた時、全てのピースがハマったような感覚だった。もっと彼を引き立たせられるようなものを作りたい。

彼の足には、自分が作ったもの以外履かせたくないと。そのためにも、離れている間に腕を磨き、いい職人になろうと改めて決意できたのだ。

「ルーカスさん、ヨハンさんのこと、よろしくお願いします」

ヨハンの手を繋いだままルーカスにそう伝えると、いつもの人好きのする笑みを浮かべた。

「まかせとけ」

「いや、たぶん現地で面倒見るの俺の方だから」

二人のやりとりにヨハンが突っ込みを入れてくるから、思わず三人で顔を見合わせて笑ってしまった。

「さ、そろそろ本当に行くとするか」

「だな」

促されたヨハンが、エミルに別れのキスをする。そして軽くハグをすると体が離れていった。その温もりを追いたくなるのをグッと我慢する。

「行ってくるよ、エミル」

泣かないと、決めていた。だからエミルは笑顔を贈る。

「いってらっしゃい、ヨハンさん、ルーカスさん」

恋人の姿がゲートの向こうに見えなくなるまで見送った。もうエミルの中の不安な気持ちは消えていた。

どんなに遠く離れていても、自分たちは繋がっている。それは人狼同士の番のような強い繋がりではないけれど、ヨハンとの出会いは運命だと信じているから。

だから離れていても、この気持ちを見失うことはない。二人の道はまだこれから続いていく。

ヨハンとルーカスを乗せた飛行機は、冬の寒さの残るこの国から東の果てへと飛び立って、青く澄んだ空の向こうへ消えていった。

【夏】

北欧の夏は短い。エミルの住んでいる市内は、この国の南にあるため一日中明るい白夜も北の地域ほどではない。とはいっても完全に暗くなることはなく、明るい夜に夏が来たなと思う。

北欧の他の国では大々的に行われている夏至祭は数週間前に過ぎた。

夏は好きだ。短いこの季節は明るいこともあって気持ちも開放的になる。

今年は特にエミルにとっては全てが違うように感じられていた。それはヨハンという恋人ができたからだ。まさか恋人になった早々遠距離恋愛になってしまうとは思っていなかったが、そこはしかたがないことだった。恋人の移住はエミルと知り合う前からすでに決まっていたことだったのだ。

とはいっても寂しいものは寂しい。ヨハンが赴任する前の二ヶ月が、それは本当に甘く濃密な時間だったからこそ、余計に寂しさが募ってしまうのも事実だ。そばにいないことで不安になってしまうことも初めて知った。それでもエミルとヨハンは上手くやっていると思う。

彼が日本へ行ってしまってからのやりとりは主にSNSになった。

ポン、と通知が鳴り、エミルは電話のロック画面を見る。ちょうど昼食をとろうと思っていたところだった。

【休憩に入ったら教えてね】

そう届いたメッセージに、エミルは返事をする。

【あと、十分待って。ご飯の準備してくる】

そう返すとすぐにまたメッセージが届く。

【了解】

エミルは近くで作業をしている養父に声をかける。

「じいちゃん、ご飯先に行くね」

「ああ、いっといで。毎日まめに連絡が来るなぁ、ヨハン様も」

「うっさいよじいちゃん」

「照れなくてもいいじゃないか。仲良きことは美しきことかな」

オーレは色恋沙汰《ざた》になれていないエミルをからかって楽しんでいるようだ。

「自分の部屋でご飯食べてくるから」

「はいはい、ごゆっくり」

ひらひらと手を振られて、エミルは電話を持って二階の住居に向かった。

キッチンでスープを温め、オーレが焼いたパンで作ったサンドイッチをトレイにのせる。

スープは野菜とソーセージがたっぷり入っていてボリューム満点だ。スープ皿に大盛りによそってそれもまたトレイにのせた。あとはコーヒーメーカーに豆をセットして、自室へと向かった。

エミルの部屋はよけいなものが少ないと思う。パソコン用のデスクは広めのものにしてあり、作業もできるようにしてある。そのおかげでトレイを置くスペースもあるので、好都合だった。その広々としたデスクに置いてあるパソコンの電源を入れて、ビデオ通話をするためにソフトを立ち上げた。電話でもできるのだが、なるべく大きな画面で恋人の顔が見たいのだ。

「よし、準備完了」

椅子に座りマイクをオンにする。そして【かけます】とメッセージを入れて、ヨハンのアカウントを呼び出した。

『ハイ』

「ヨハンさん」

二日ぶりの恋人の姿に、自然と顔が綻《ほころ》ぶ。

『エミル元気？　今日もオーレの手作りパンがお昼ご飯？』

「はい、サンドイッチにしたんです。最近はまってて」

今朝作ったものをヨハンに見えるように持ち上げた。

『美味《おい》しそう。今度帰ったときに俺にも作ってね』

そう言われてエミルは照れながら頷いた。

「ヨハンさんほど上手にできてるか分からないけど……」

『そこは、エミルが作ってくれることに意味があるんだよ』

と言ってくれる。今は遠い東の国にいるからすぐには食べさせてあげられないけれど、今度ヨハンが帰ってくるころまでにはもう少し料理の腕を上げておきたい。

ヨハンとルーカスが日本に行ってからの四ヶ月は、平日は互いの時間が合えばエミルの昼休みにビデオ通話をするようになった。日本との時差は八時間。こちらは今正午過ぎだが、日本は今夜の八時過ぎになる。互いが起きていて負担にならない時間を選んだら、この時間が一番よかったのだ。

「早く食べちゃいますね」

『エミルは食べる仕草も可愛いからゆっくりでもいいよ』

「そうやってまた……恥ずかしいこと言うんだから……」

ふふ、と画面の向こうで意味ありげに笑うヨハンに、よけいに恥ずかしくなった。だから画面に背を向けて食べ始めると、慌てた声がする。

『エミルっ、寂しいからこっち向いてよ』

「恥ずかしいこと言わないですか？　食べにくくなるから」

『分かったよ』

その言葉を信じてエミルは椅子の向きを元に戻した。本当は食べ終わってからビデオ通話をすればいいだけなのだが、その時間も惜しいと感じてしまっている。そのくらい互いに想い合えている確信があった。

画面の向こうのヨハンは氷の入った飲み物を手にしていた。カラカラと氷を揺らす音がする。ゴクゴクと勢いよく飲む姿に、よほど喉が渇いていたんだなと思った。

「日本は暑いんですか?」

そう問うと、ヨハンは手でぱたぱたと仰ぐ。

『そうなんだよ、もう八時を過ぎてるのに、日本はありえないくらい暑いんだよ。ビックリするよ!』

ヨハンの住んでいるマンションは温度管理もされているので、部屋に入ってしまえば快適らしいが、外は湿度もあり表現しがたい暑さだとげんなりしていた。

「想像できないな……蒸し暑いってサウナみたいな感じ?」

『なんて言うのかな……空気がねっとりまとわりつくっていうか……! 梅雨なんて気温はそんなに高くないのに湿度があり得ないほどだったよ……だからもう不快で不快で……日本人が我慢強い理由が分かった気がした』

こんなに暑いのを我慢できるんだから、とオーバーリアクションで話してくる。ヨハンがここまで早口になるということは、本当に大変な思いをしたんだろうとエミルは感じた。こちらの夏は昼間に半袖にはなるが朝晩は長袖が必要だし、これからが一番過ごしやすくて好きな季節でもあった。

「日本の夏を体験してみたいな……」

どれだけの暑さなんだろうと、エミルは興味津々《しんしん》だ。怖いもの見たさでそう言うとヨハンは、眉を寄せた。

『これからもっと暑くなるらしいよ……俺も想像できない……たぶん溶けるんじゃないかな？』

まだ七月だというのにもう弱音を吐いている。

そんなヨハンの話を聞きながら、食事を平らげていく。

我ながら上出来のサンドイッチだ。スモークサーモンとチーズ、それにタマネギのスライスにレタスをたっぷりはさんだもので、これはオーレも気に入ってくれている。

（帰ってきたときにヨハンさんにも作ってあげよ）

これならきっとヨハンも喜んでくれるだろう。彼に食べてもらう時のことを思い描くと思わず顔が綻んでしまう。

『なに笑ってるの？　日本の夏に泣き言言ってる俺が面白かった？』

けど本当にすごい暑いんだよ、と言うので、エミルは首を横に振った。

「違いますよ。夏休みのことを考えてたら、顔がにやけちゃっただけです」

そうなのだ。あともう少ししたらエミルはサマーバケーションを取る。そのときにヨハンも合わせてくれたので、久々に会えるのだ。日本にも行ってみたかったが、今のヨハンの話からもあるように、暑さが尋常じゃないからと、ヨハンがこちらに戻ってくることになったのだ。

『俺も楽しみだよ。それにしても日本の企業のバケーションは短くてビックリだよ』

「そんなに短いと休んだ気しないですね……」

八月に一週間程度の休みが夏休みらしい。確かに短い。北欧に比べ働き方がだいぶ違うんだなとエミルは思う。自分も靴を作っていると時間を忘れてしまうけれど、休むことも必要だ。体も心もリフレッシュすると、また頑張ろうと思う意欲も湧いてくる。今年はオーレとエミルは日程を合わせて休みを取った。オーレと二人で城に招待されたのだ。毎年必ず二人で旅行をしてきたけれど、今年は少し違うものになりそうだとエミルは期待に胸を膨らませる。

「ヨハンさんたちはこっちに戻ってきて大丈夫なんですか？」

『大丈夫。有能なコンサルタントに頼んでるし、バケーションまでには一区切りつくしね』

と肩を竦めた。

来年の春には本格的に日本進出をするモーアン。去年から何度も日本に足を運び、ショールームにする場所などを決めてきたのだという。すでに建物も着工していて夏の終りには出来上がるのだと聞いている。

「日本に戻った頃にはショールームの建物も出来上がってるんですよね？」

『そうだね。奥が工房になってて職人たちもそこで手直しできるようになってるんだ』

ルーカスが作業できる場所がないと困るからだろう。修繕などのことも考えると日本に工房があった方がいいのは当然だ。

「新しいことを始めるのは、ワクワクしますね」

『そうだね。それと同時に少しの恐怖心もあるけどね』

有能で何事もそつなくこなしてしまいそうな彼でも、そんな気持ちになるんだと内心で驚いた。

「ヨハンさんでも、怖いってことあるんですね」

思ったことを口にするとヨハンが肩をすくめた。

『そりゃ、あるよ。エミルが離れてる間に誰かに言い寄られてないか、とかね』

そう言うわりにはヨハンの表情は自信ありげだ。

「全然怖いと思ってないですよね、それ」

むしろエミルの方が怖いというより心配事は尽きない。彼のこの容姿を日本人だって放っておかないと思うのだ。モデルのような端整な顔立ちに、抜けるような金色の髪に青い瞳の美男子は人を引き寄せる魅力を兼ね備えている。

「ヨハンさんこそ……言い寄られたりしてないですか？」

思わずそう聞き返してしまうと、ヨハンはにやりと笑った。

『誤解されるのは嫌だから正直に言うけど、それなりにはあったよ』

やっぱり、とエミルは顔を引き攣《つ》らせた。けれどそんなエミルの表情を見てとったヨハンが画面の向こうから触れないのに手を伸ばしてくる。まるで大丈夫だというように、頬を撫でる仕草をする。

『けどね、安心して。担当のコンサルタントのユウキさんからいいことを聞いてね。それをするようになってからは、そんなこともなくなったから』

そう言ったヨハンの左手の薬指にきらりと光るものが見えた。

「それ……」

『安物を適当に見繕って買った。ユウキさんが結婚指輪してると、魔除《まよ》けになるよって教えてくれたんだ』

だから、とヨハンが言う。

『そっちに帰ったら、おそろいの指輪買いに行こう』

その言葉に、エミルは手に持っていたスプーンを落としそうになった。言葉の出ないエミルの代わりにヨハンが話を続ける。

『正式な結婚じゃなくてもいいんだ。番になれなくても、俺たちは生涯のパートナーだと信じてるからね』
ヨハンの気持ちが嬉《うれ》しくて、残っている昼ご飯は喉を通りそうになかった。

【秋から冬の話】

ヨハンと出会ってから一年。もうすぐ出会ったときと同じ季節がやってくる。

遠距離恋愛になってから七ヶ月。ビデオ通話にも慣れたけれど、本物に会えない寂しさは募る。夏はロングバケーションを取って帰国したヨハンとゆっくり過ごせたおかげで、その寂しさも少しは我慢ができている。

それよりも気になることがあった。

（来月がルーカスさんの誕生日だったよね……）

去年の十一月、モーアン城で行われたルーカスの誕生パーティーに呼ばれた。モーアン当主は、誕生日当日に完全変化できる相手とセックスをすることで番が成立する。三十歳の誕生日までに番を見つけられなかった当主は、次の番が現れるまでの数百年、死ぬことができなくなると伝えられているのだ。

ルーカスはその番を、自国で見つけることは諦めたらしい。むしろ見つける気もないのかもしれない。一人で生きていく覚悟をしている、とルーカスは言っていた。

幼い頃からルーカスの友人として、当主の補佐としてずっと一緒にいるヨハンは、その苦しみから彼を救いたかったと話していた。

エミルも初めはルーカスの番候補だった。けれど自分は彼の番にはなれなかった。

（ちゃんと、見つかりますように……）

そう願うばかりだ。

ルーカスはとてもいい人だ。大らかで明るくて、なにより才能を持った人だ。そんな人がどうして辛い目に遭わなければいけないのだと思ってしまう。

夜十時、エミルはパソコンの前にいた。日本は朝の六時くらいだ。ヨハンが早起きをするから連絡してくれ、と言っていたのでメッセージを送る。

【おはようございます。起きれますか？】

そう送ると、すぐに返事が来た。

【起きたよ】

するとすぐにビデオ通話のコールが来た。

「おはようございます」

『おはよう』

ヨハンは寝起きで、ベッドからビデオ通話をしているようだ。乱れたシーツに、一緒に眠っていたときのことを思い出して、ちょっとだけいやらしい気持ちになってしまう。

『どうしたの？　顔が赤いよ』

「なんでもありません」

ごほん、と咳払《せきばら》いをして誤魔化《ごまか》した。

『そうそう！　大ニュースがあるんだよ』

「なんですか？」

エミルが聞き返すと、ヨハンは意気揚々と起き上がり話し始めた。

『ルーカス、好きな子ができたみたい』

その相手は、道端で具合が悪くて倒れているところを助けた日本人らしい。

『あんなに猛アタックしてるルーカス初めて見るよ』

「そうなんだ。けどルーカスさん格好いいし、きっと上手くいくよ」

『だといいけどね……』

と言うと、少しその表情が曇った気がした。なにを思っているのだろうか。きっとルーカスの誕生日のことを気にしているに違いない。しかもそう簡単に番が見つかるわけではないし、その日本人はきっと普通の人間だろう。ルーカスが一族の掟から逃れることができないのは、ヨハンにとっても辛いことでしかないはずだ。

けれどヨハンはすぐにいつものように綺麗な顔で笑う。

『実は、その彼にうちの日本用のホームページとカタログの作成を頼むことになってね』

色々と面白い展開なんだよ、と最近起きた出来事を話してくれた。

出会いは偶然だったけどあらゆる手段を使って、その相手のことを調べたところ、フリーのデザイナーをしていたことが分かったらしい。

それをきっかけに仕事を依頼し、ルーカスの猛アタックが始まったとヨハンが嬉しそうに笑う。

『あいつが自分から人を好きになったのって、初めてなんじゃないかな。彼と上手くいってくれることを願ってるよ』

たとえ一族の掟を守れなかったとしても、とヨハンの心の声が聞こえた気がした。

ヨハンの表情は複雑だったけれど、それでもルーカスの幸せを心から望んでいるのだけは分かる。

「上手くいくといいですね」

エミルもルーカスの幸せを心より祈っていた。


と、思っていた矢先。事態が急展開をみせたらしい。

しばらくの間、ヨハンからの連絡は短いビデオ通話やメッセージがメインになってしまったのだ。来年に向け業務が忙しくなってきたようだ。そんな状態が一ヶ月半ほど続いた十二月のことだった。ヨハンから「全部無事に終わったよ」という連絡が来て、久しぶりに話すことができた。

『無事に、ルーカスに番ができた』

突然の話に、エミルは「え？」と、祝いの言葉より先に、驚きの声が上がってしまった。

『俺もビックリだよ。まさか本当に間に合うとは思わなかったからね』

ルーカスの三十歳の誕生日に、無事に番の証明をすることができたということだ。一族の掟を守れたと聞いて、エミルもホッと胸を撫で下ろす。

「よかったですね！　おめでとうございますってルーカスさんに伝えておいてください」

『うん、伝えておくよ。もうずっと恋人の家に入り浸ってて、こっちのマンションなんて使ってないから解約してやろうかな』

そう毒づくけれど、ヨハンは嬉しそうだった。それもそうだ。彼はずっとルーカスのために動いてきたのだから。

「彼の番は、どんな人なんですか？」

もしかして前に話してくれた人かな、と予想していたら、その通りだった。

ルーカスが好きになった相手は、なんと日本の人狼一族の一人だったのだ。力はそれほど強くなく、完全体に変化はできないそうだ。それでも番として成立したのは奇跡のような出来事だと思う。言い伝えを信じ一縷《いちる》の望みを賭けて、日本に来た甲斐があったというものだ。

しかもその関係が成立したのは、モーアン一族の番になる方法ではなかったからだという。

それで一族の掟が本当に守れたのかどうかは分からない。それでも番が見つけられたことの方が重要だとヨハンは言う。

『これであいつも寂しい思いをしなくていいんだなって思ったら、ホッとしたよ』

画面からでも伝わる、安堵の表情にエミルも顔が綻んでしまう。それにしてもどうやって日本の人狼一族と番の関係を成立させたのだろうか。

それを聞こうとしたときだった。

『それでね、ちょっと急なんだけど、明後日《あさって》から数日休みって取れるかな？』

ヨハンの言葉に遮られ、エミルはそのことを聞けなくなってしまう。

「え？　ほんとに急ですね……オーレに聞いてみないと分からないけど……たぶん、大丈夫かな……」

特に急ぎの仕事はなかったよな、と脳裏に思い浮かべて考え込む。するとヨハンは『まだオーレ起きてるよね？　今聞いてきて』と彼にしては珍しく強引なことを言ってくる。

「ちょっと待っててください」

エミルは仕方なく部屋を出て、リビングにいるオーレの元へ向かう。しかしいるはずのオーレがそこにはいなくて、エミルは「またか……」と工房へと降りていく。

この時期になると根を詰めるオーレを見つけて、エミルは溜息《ためいき》を吐《つ》いた。

「こんな遅くまで……風邪引くぞじいちゃん」

「おー……もうこんな時間か」

グッと腰をそらせたオーレは、時間を忘れて作業していたらしい。最近また新しい形の靴に挑戦し始めていて、納得できる形になるまで何度も試行錯誤を繰り返すのだ。

「あのさ、じいちゃん……ちょっと頼みがあるんだけど」

まずはルーカスに番が無事にできたことを伝えると、オーレは心から喜んでいた。オーレは一族から除外されているとはいえ、当主お抱えの靴職人だ。内情もそれなりに知っていたはずだから、心配していたのだろう。そのあとヨハンに急に休みを取るように言われたことを伝えると、「いいよ」と言ってもらえた。

「ありがとう、じいちゃん。あ、もういい加減引き上げてよ」

「わかっとるよ」

エミルはオーレに釘《くぎ》を刺して、部屋に戻った。画面の向こうで待っていたヨハンに告げる。

「お休みしてもいいそうです。なにかあったんですか？」

するとヨハンが、意味ありげに笑う。

『今日の十二時発の飛行機に乗るから、明日の夜、七時に空港まで迎えに来てくれるかい？』

「い、いきます！」

即答したエミルにヨハンが笑う。それにしても何の前ぶれもなく帰国するなんて、なにかあったのだろうか。

「急にどうして？」

『それは明日の夜、ちゃんと話すから。それまでいい子で待っててねエミル』

その表情は切羽詰《せっぱつ》まった様子ではなく、むしろ嬉しそうでワクワクしているように見える。ならば、悪い知らせではないのだろう。

「分かりました。会えるの、楽しみに待ってます」

ヨハンは頷くと、画面の向こうからキスを投げてくる。

『じゃあ、明日の夜に会おう』

「また明日」

そう言って通話を切った。

「結局、ルーカスさんたちのこと、ちゃんと聞けなかったな……」

けれど、明日の夜には直接話すことができるのだ。そう思ったらエミルは嬉しさがこみ上げてくるのを抑えられず、ベッドに飛び込むと何度も転がり続けたのだった。


「エミル！」

空港のロビーに、大きな声が響き渡る。ヨハンはエミルを見つける天才だ。出迎えの人たちがたくさんいるのに、迷うことなく突き進んでくる。荷物は小さめのスーツケース一つだけだった。いかに予定外の帰国かがうかがい知れた。

目の前に来ると両手を広げるから、エミルはその胸に飛び込んだ。

「おかえりなさい」

「ただいま。とにかく早く帰ろう」

久しぶりに会えた感動に浸る間もなく、ヨハンがエミルの手を引いて歩き出す。

「どうしたんですか?」

「話は帰ってからね」

どこか急《せ》いているヨハンは、興奮を抑えられていないような感じがした。説明がなくエミルは「どうしたの?」と何回も聞いたけれど「いいから」ととにかく急いでいる。ただ悪いことではないのだけは分かったので、それ以上問うことはせず、ヨハンに連れられて空港の駐車場に向かうと、モーアンから来ていた迎えの車に乗り込んだ。


ヨハンとエミルが向かったのは主《あるじ》が不在のモーアン城だった。夜も少し更けてきている時間だが、ヤンが出迎えてくれた。

「エミル様、ようこそおいでくださいました。ヨハンもおかえり」

「ただいま。父さん」

無理を言ってごめん、とヨハンが言うと、この城を取り仕切っている執事でもあるヤンは、にこりと笑う。

「誰かが使ってくれた方が、この城も喜ぶでしょう」

「ルーカスもこの次帰ってくるときは、一人じゃないから」

ヨハンの言葉に、目尻の皺《しわ》を深くした。その表情は心から喜んでいるのが分かった。

「さ、行こう」

「ゆっくり過ごされてください。今日は月が綺麗でございますよ」

声をかけられてエミルは「ありがとうございます」と頭を下げ、そしてヨハンに連れられて部屋に向かう。

用意されていたのは、広々とした部屋だった。いつものヨハンの部屋ではないことは確かだった。彼の部屋は廊下の向こう側のはずだ。

「ここは特別なゲストルームなんだ」

どうしてもエミルとこの景色を見たかったんだ、と言って電気を消すと、大きな窓の向こうに月明かりに照らされた湖に、雪をいただいた山々の美しい夜の景色が映し出されていた。月がこんなにも明るいものなのだと初めて知った。

「すごい綺麗！」

少し欠けた月が世界を照らしている。

「この景色をエミルに見せたくなってね」

そう言ったヨハンが後ろからエミルを抱きしめてくる。

「会いたかった」

耳元でそう囁かれ、嬉しさがこみ上げてくる。

「俺もです」

その腕に自分のものを重ねると、こめかみにキスをされた。エミルは身を委ねるように寄りかかると、ヨハンが「間に合って良かった」と笑みを含んだ声で言う。

「なにがですか？」

問い返すとヨハンが窓の外を指さした。

「……月は、君たち一族にとって特別なものだろ？」

確かに月を見ていると気持ちが昂ぶり、満月には発情を起こす。エミルも現に、満月に何度も狼に変化してしまったことがある。

「だから、どうしてもエミルと一緒にこの風景を見たいなって思ってね」

「嬉しい……」

エミルにこの景色を見せたいと思ってくれたことが、なによりの喜びだ。

ヨハンが忙しいのは知っている。しかもこれから日本で本格的に始動するために、色々と飛び回っていることも分かっている。それなのにどうして急に戻ってきたのだろうか。

「今回はこの風景を見るためだけに戻ってきたんですか？」

エミルの言葉に応えるようにヨハンが話し始める。

「ルーカスに番が無事に見つかったって話したよね？」

エミルの体を後ろから大切そうに少し強く抱きしめて、窓の外の美しい風景に目を向ける。

「よかったですね」

「うん、それは俺もすごく嬉しいしホッとした」

ずっとそばで見てきたヨハンの喜びはひとしおだろう。その声からも微笑んでいるのが分かる。それでね、とヨハンは続ける。

「ルーカスは番になれなかったとしても、多分彼を選んでいたと思うんだ」

ルーカスが恋人を大切にしていて、恋人もまたルーカスと共にいるために頑張っている、そんな二人を見ていたら、ヨハンもエミルへの想いを強くしたのだという。

「俺はエミルとずっと生きていこうって思ってるよ」

たとえ番になれなくても。

その言葉は、エミルの胸に突き刺さる。番や自分のこの血の秘密に振り回されたくはない。

「それでもっ、俺は……ヨハンさんが、いいです」

振り返りヨハンをまっすぐに見つめる。するとヨハンの表情が、まるで花が溢れるように崩れていく。

「俺も、それでもエミルの運命の相手でありたい」

月明かりに照らされるヨハンの髪が、キラキラと反射している。青い瞳が星のように煌《きら》めきながら近づいてきて、啄《ついば》むように唇を奪われた。

「ヨ、ハンさ、ん……」

キスの合間に名前を呼ぶ。そういえば、どうして急に戻ってきたのか、その理由を聞けていない。

「ん?」

チュ、チュ、と音を立て、エミルの顔中にキスを落としながらヨハンが「なあに」と甘い声を出す。

「帰ってきた、本当の理由は?」

なんですか、と問うとヨハンはキスをやめ、少しバツの悪い顔をする。

「ヨハンさん?」

「自分でもこんな衝動的に動いてしまって、らしくないとは分かってるんだ……」

と歯切れが悪い。

「……なにかあったんですか?」

エミルの問いにヨハンは本題をやっと口にする。

「番になれなくても、なんて言いながら、もしその方法と可能性があるのなら、諦めたくないって思ってる」

それは自分も同じ気持ちだ。番にはなれなくても、ヨハンに出会えたことは運命だと思いたい。

「あることを聞いていても立ってもいられなくなったんだ。ルーカスの恋人は日本の人狼一族だと言ったよね」

その一族の番になる条件は、人狼の血を飲むこと。しかもその人狼の血が強ければ、人間とも番うことができるというのだ。

「俺たちが、そうなれるかどうかは分からない。けど……可能性がある限り試してみたいと思わないか？」

そう思ったら一刻も早く試したいと、飛行機のチケットを押さえていたのだという。

人狼と人間。どうやったら一緒にいられるのかは分からない。それでもヨハンとならどんなことでも乗り越えていける。

「嬉しいです。全部、試してみましょう？　可能性がある限り、諦めたくないです。それでも番になれなかったとしても、俺は絶対に離れませんから」

ふふっと笑ってエミルからヨハンに口づける。エミルのことをそんなにも想っていてくれたのだと知って、ただただ嬉しかった。

「そうだね。諦めるのは俺らしくないし、それに試したいことはたくさんあるから、覚悟して」

「え？」

「手始めに、血を飲んで月を見ながらセックス、だよ」

と直截《ちょくさい》な言葉で言われて、エミルは顔を赤らめた。

「カッコつけて、この景色を見せたかったとか言ったけど——あ、見せたかったのは本当だよ？」

と慌てて付け加える。

「けど本当は、番になってイチャイチャしてる二人を見てたら、どうしてもエミルに会いたくなって無理矢理帰ってきちゃっただけだから」

そう言って腰を押しつけられて背中が撓る。窓を背にエミルは落ちてくるヨハンの唇を受け止めたのだった。


「一つもエミルに傷を付けたくはなかったんだけど……」

エミルの指先にあいた小さな傷から溢れる血が、小さな膨らみを作る。ヨハンがそれをぺろりと舐め、そのまま指を咥えてこちらを見る。

「っ……」

いやらしい舌の動きに、エミルは息を詰めた。小さな傷口から血が滲んでは舐められ、また指をしゃぶられる。目を合わせて指を舐めているヨハンが、その舌を掌から手首、そして腕の柔らかい内側の皮膚を這っていく。

「あ、っん……」

小さな声が漏れると、それが合図だった。

少し身をかがめていたヨハンが、伸び上がるようにしてエミルの唇を塞ぐ。

「はっ、んんっ……」

はじめから激しいキスは、まるでヨハンの方が発情しているみたいだ。少しの隙間も許さないと言わんばかりに、互いに強く抱きしめあって唇を貪った。足の間に膝を差し込まれ、その度に体が揺れる。

「これで、俺とエミルは番だ」

ヨハンもエミルも分かっている。番にはなれないことを。それでもその言葉だけで今は十分だ。

「嬉しい……」

そう微笑むとまた強く抱きしめられ唇を塞がれる。

ヨハンの口づけは、少しだけ血の味がした。

血を分け与えた日のセックスは、エミルの体に簡単に火をつけていった。

その事実がエミルを興奮させていく。

ベッドに横たわってもバルコニーのある大きな窓からは、欠けた月が見える。それに気持ちの昂ぶりが今までとは違う。ヨハンがエミルに会うためだけに帰ってきてくれたのだ。こんなに嬉しいことはない。

「ふっ、あっ……」

生まれたままの姿を晒《さら》し、綺麗にベッドメイクされていたシーツを乱していく。

「エミルの肌は、触り心地がいいよね」

なめした革みたいだ、と言いながら、エミルを見下ろしているヨハンの指が肌をなぞる。

「あっ、んっ」

身悶えてその快感を逃がそうとするエミルを、ヨハンが楽しそうに眺めている。ねっとりとしたその視線すら刺激となってしまうから、すでに昂ぶっている中心がひくんと、揺れた。

「可愛い」

その言葉にエミルは首を横に振る。ヨハンの一言一言が、今日は胸をきゅん、とさせるから困ってしまうのだ。

「かわいく、ない……です……」

「俺の好きな人のこと、そんな風に言わないでよ」

にこりと笑いヨハンが顔を近づけてくる。キスしてくれると思ったのに、彼の唇が落ちた場所は、エミルの平らな胸の突起で、チュ、と音を立てて吸いつかれたあと、今度は口いっぱいに含まれ強く吸われた。

「やぁっ、そんな、強くっ……、しないでぇ……」

乳首を舌で転がされ、そして歯を立ててくる。ぴりっとした痛みすら快感で、エミルは体をくねらせながら、奥から湧き上がる熱を逃がそうともがくけれど、ダメだった。全身に広がる熱が痺れとなって脳まで届く。それにヒクヒクと中心を揺らし感じていることを知らせてしまっている。尖端からは蜜が溢れ出しエミルの陰茎と腹部を濡らす。

「どこもかしこも、甘くてたまらない」

ヨハンがそう呟いて、顔をずらしていく。

「だめ、っ、ヨハンさ、んっ。あ、ああやだぁっ……」

塗れている尖端の割れ目に、舌が這っていく。その温かく湿った感触にエミルは甲高い声を上げてしまう。たまらなく気持ちがよくて、エミルはヨハンの柔らかい髪をくしゃくしゃにかき回す。

「気持ちよさそう」

エミルのそれを握りながら舌を這わせる。根元にキスを落とし、押し広げた足の、浮き出た内側のくぼみを舐められて、エミルは腰を揺らした。

「あ、ああ……んっ、中、……熱いっ……」

尾骨の奥が、ウズウズする。窓の外には冬の皓々《こうこう》とした月の明かりが湖に反射して、まるで鏡のように光り輝いている。

やけに月の輪郭《りんかく》がはっきりとして、明るく見えた。その瞬間、沸き上がる熱が止められなくなってしまい、体が跳ねてしまう。

「あああっ——!!」

大きな声と共に、体の熱が解放されていく。

「ああ、出ちゃったね耳と尻尾」

満月じゃないのにと言いながら、フサフサと揺れるエミルの尻尾を捕まえて、ヨハンがそれに頬を寄せる。

「可愛い。それに、嬉しいよ。発情してくれてるんでしょ?」

これがその証拠だよね、と愛おしそうに毛を撫でると、それだけで背筋を通して指先まで甘く痺れてしまう。

「んっ……」

なによりもっと触って欲しいと、体が喜んでいる。そんなエミルの足を高く抱え見せつけるかのようにふくらはぎの内側を舐め上げるから、たまらず甘い声を上げた。

「あ、あっ……ん、やだ、そんなに、しないでっ……」

「どうして？　ヤダじゃないでしょ？」

ここはこんなに喜んでるのに、とヒクヒクと揺れてしまうエミルの中心を、指で撫で上げた。

「ひっ……ああっ……」

喉元を晒すように喘ぐエミルに、ヨハンが覆い被《かぶ》さってくる。首筋にキスを落とされ、鎖骨を噛まれる。無意識にヨハンの体に尻尾を巻き付けていた。

「俺のこと、全身で好きって言ってくれてるエミルは本当に可愛いよ」

変化した耳は小さな声も逃さない。吐息が耳をくすぐるからたまらなくなる。

両足を割られ、その奥を、そっと指がなぞる。

「ここ、もう開きかけてる」

発情すると、愛する人を受け入れるために、体が変わるのだろうか。エミルは詳しくは分からないけれど、ヨハンのために体が変わるのなら、それはむしろ嬉しいことでしかない。

何度も指がその襞を撫で、少しずつ開かせていく。足りない滑《ぬめ》り気はローションで補って、揺れる尻尾を押さえつけられながら、何度も指が行き来してその度に逃げ場を失った快感は熱となってエミルの中心から蜜を溢れさせた。

奥を開かれて、その張り詰めた硬いものを押し込められる快感を、エミルはもう知ってしまっている。

「ヨハン、さんっ……」

「うん、ちゃんと入れてあげるから、待ってて」

少しも傷つけたくないから、と言いながら、焦らしている気がする。だからエミルは尻尾でパシパシと彼の体を叩いた。

「はや、くっ……」

涙目で訴えると、ヨハンは「ごめんごめん」と悪びれずに笑う。

そしてエミルの涙を舌で拭《ぬぐ》うと、「エミル、君は俺の運命の相手だよ」と囁いて、そのまま唇を塞いでいった。

ズ、と少しずつ奥に硬いものが埋め込まれていく。そのせいでエミルの芯が熱を持ち、ほんの少しの刺激でも体が跳ね上がる。その度に堪《こら》えきれない声が甘く吐息と共に漏れていく。
「あ、あっ……！」

変化した耳に息を吹きかけられるだけで、ゾクゾクと甘い痺れが這い上がってしまう。

仰向《あおむ》けで快感を逃がせず、自分の尻尾を握りしめていると、ヨハンが相好を崩しているのが分かった。

「可愛い……写真撮りたいくらい」

指でフレームを作り、上からエミルを見下ろしてそう言った。視線でも犯されているように感じて、エミルは体を小さく震わせる。

「あ、……あっ……んっ……」

ダメだ、感じてしまう。晒されて写される想像をしてしまい、きゅ、と奥を締め付ける。するとヨハンが息を詰めた。

「っ……と、危ない……」

ふう、と息を逃がし、動きを止める。その吐息すら艶めかしくて、エミルはまた体を震わせた。

「あっ……、んっ……」

奥が焦れて熱い。もっと欲しいのに、ヨハンは浅い部分を何度も行き来するだけで、欲しいところまでくれない。だから腰を揺らした。

「も、っと……奥、に……」

「どうして欲しい？　ちゃんと言って？」

ヨハンを含んでいる入口を、指でなぞって添えるだけで動かしてくれない。

「これ、もっと奥に、入れて……くださいっ」

そして気持ちよくして欲しい、と訴えると満足げに笑ったヨハンが、勢いよく腰を突き入れてきた。

「あああっ……‼」

チカチカとハレーションを起こす。息が止まり、熱が押し出されるような感覚。奥に入れられただけで達ってしまったなんて。初めての経験に、ヨハンはむしろ嬉しそうにエミルを覗き込んでいる。

「そんなに待ってた？」

ゆさ、と腰を揺らされて、エミルは「まって」と訴える。達ったばかりの体は感じすぎていて、おかしくなってしまいそうだ。それなのにヨハンは容赦なく腰を突き入れてくる。

「あ、あ、あっ……ダメっ、やっ」

感じすぎて力の入らない手で、ヨハンの動きを押さえようとしたけれど、無駄な抵抗だった。足を持ち上げられて腰が浮く。そのせいで尻尾は自由になったけれど、もどかしくてそれを握りしめることしかできなかった。

ぐちゅぬちゅ、といやらしい泡音を鳴らしながら、ヨハンのものがエミルの中を行き来していて、その度にうねる粘膜が絡みついてしまう。

「っつ……ヤバい、ね……俺もすごくいいよエミル……」

そう言ったヨハンの額から、汗がしたたり落ちた。

「ヨハン、さんっ……も、……イッて……」

尻尾をヨハンの腰に絡め、強請るように揺すると息を詰めた。

「悪い子だね、煽《あお》るなんて」

ふう、と息を吐くと、にやりと笑いエミルを射貫く。その視線は人狼のエミルよりも野性味を帯びていて、小さく体を震わせた。

「泣いても止《や》めないから」

そう言ったヨハンが、また強く腰を穿ってくる。

「あ、っ」

さっきよりもさらに奥に届くそれは、硬く熱くエミルの中をさする。ピストンする動きに、エミルの粘膜は引きずられ、捲り上がり、そして押し込まれながら絡まっていく。

あ、あ、あ、と途切れる声がいやらしく響いた。

溶け合うように抱きしめあい、キスをする。このまま一つになってしまえればいいのに。

「エミル、俺たちはなにがあっても、ずっと一緒だ」

たとえ、番になれなくても。

ヨハンのその言葉に、エミルは嬉しくて涙が零れた。なにか言葉を返したいのに、気持ちよくて頷きで返すことしかできない。

キスをして、腰を強く穿ってきたヨハンの動きが速くなる。

「んっ、あっ……あ、あ、あっ――」

エミルはまた絶頂を迎えていた。少量の体液を腹部にまき散らしていく。

腰を何度か強く押し込んだヨハンが、エミルの開いた奥で動きを止めた。ビクビクと跳ねるヨハンのそれが、中を濡らす。

エミルの体をギュッと抱きしめて、ヨハンがキスを落としてくる。

抱きしめ返そうにも、体が重たすぎて動けない。急速に落ちていく意識の中で、ヨハンの声が届いた。

「愛してるよ」

その言葉に幸福を感じながら、エミルは眠りに落ちていった。

あとがき

こんにちは、西門です。

この度は「社長彼氏と狼の恋」を手に取ってくださってありがとうございました。

この作品は前作「人狼彼氏と愛の蜜」のスピンオフになっておりますが、この作品だけでも楽しんでいただけると思います！　人狼シリーズの一作目「束縛彼氏と愛の罠」、二作目「人狼彼氏と愛の蜜」を読んでいただけるとさらに楽しめるようになっておりますので、気になった方はそちらも是非よろしくお願いいたします。

まさか同じ世界観で、三冊も書かせていただけるとは夢にも思っていなかったので、本当に嬉しいです！　自分で「人狼シリーズ」と呼ばせていただいておりますが、これもひとえに応援してくださった読者様のおかげです！　本当にありがとうございます。


さて、今回の作品は「人狼彼氏～」の一年前のお話になっております。前作主人公ルーカスのお目付役でもあり親友のヨハンが主人公の一人です。もちろん今回の作品にもルーカスは登場します。というかよく出てきます（笑）。モーアンの掟を中心としたお話になっておりますので、そちらも楽しんでもらえたら嬉しいです。

そんなヨハンの心を射止める相手エミルは、靴職人を目指している頑張り屋さんです。ヨハンにメロメロになっていく行程は、本編を読んで楽しんでください！

最後にお礼を。「人狼彼氏と愛の蜜」に引き続き素敵なイラストを描いてくださった、金ひかる先生！　色々気にかけてコメントを入れてくださり本当にありがとうございます！ヨハンは美人でエミルも可愛く、世界観を盛り上げてくださいました。本当にありがとうございました！

あと、今回、一番ご迷惑をおかけしてしまった担当様、本当にありがとうございました。浮き沈みが激しい一年だったため、不安定でかなりのご迷惑をおかけしたと思います。ここまで導いてくださってありがとうございました。これからも見捨てないでいてくださると嬉しいです。

そしていつも私の愚痴を聞いてくれる友人知人の皆様、あと家族に感謝です。特に今回は泣き言をたくさん聞いてくれた斑目ヒロ氏、ありがとう！

なにより私の作品を好いてくださっている読者の皆様！　本当に皆さんの優しい感想に元気をもらって頑張れています。これからもどうぞよろしくお願い致します。

ツイッター企画を今回も行いますので、チェックしてみてください！

また次の作品でお会いできることを願って。

西門

✦初出　社長彼氏と狼の恋……………書き下ろし

西門先生、金ひかる先生へのお便り、本作品に関するご意見、ご感想などは
〒151-0051 東京都渋谷区千駄ヶ谷 4-9-7
幻冬舎コミックス　ルチル文庫「社長彼氏と狼の恋」係まで。

幻冬舎ルチル文庫
社長彼氏と狼の恋

2022年3月20日　第1刷発行

✦著者	西門　さいもん
✦発行人	石原正康
✦発行元	株式会社 幻冬舎コミックス 〒151-0051 東京都渋谷区千駄ヶ谷 4-9-7 電話 03(5411)6431［編集］
✦発売元	株式会社 幻冬舎 〒151-0051 東京都渋谷区千駄ヶ谷 4-9-7 電話 03(5411)6222［営業］ 振替 00120-8-767643
✦印刷・製本所	中央精版印刷株式会社

✦検印廃止

ISBN978-4-344-85026-2　C0193　Printed in Japan